Labyrinthe de la ve
:L'odeur de D

This is a work of fiction. Similarities to real people, places, or events are entirely coincidental.

LABYRINTHE DE LA VENGEANCE :L'ODEUR DE DIEU

First edition. June 13, 2024.

Written by Yeong Hwan Choi.

Parution | 2024-06-14

Yeong Hwan Choi / cyhchs12@naver.com

BLOGUE | https:// blog.naver.com/cyhchs12

(c) Labyrinthe de la vengeance : L'odeur de Dieu 2024

Labyrinthe de la vengeance : L'odeur de Dieu

Yeong Hwan Choi

CONTENU

Labyrinthe de la vengeance : l'odeur de Dieu

<Labyrinthe de la vengeance : l'odeur de Dieu>

L'ordre est né du chaos du début, et la lumière et les ténèbres ont divergé et ont trouvé leur place. Dans le processus, le monde a subi d'innombrables changements, et nous vivons au milieu de ces changements.

Cependant, même au milieu de ces changements, nous ne comprenions pas le monde. Tous se manifestent dans une pensée stéréotypée et centrée sur l'humain. Un territoire sombre et inexploré est toujours caché sous nos pieds.

De même, la silhouette du pendentif d'Eva ne nous permet pas de voir la vérité cachée derrière les ombres. Pourquoi le monde existe-t-il et pourquoi sommes-nous nés ? Et comment dois-je naviguer dans une société en évolution rapide, et quel devrait être mon centre pour naviguer dans le monde ? Trois volumes ont été publiés avec cette question philosophique.

La terre semble plus calme que jamais. Le ciel est clair et la mer est profonde et bleue. Mais sous les profondeurs de la mer sombre, il y a des secrets que nous ne connaissons pas. La clé pour percer le mystère était l'un des sens les plus souvent négligés : l'odorat.

Jae Wook vit dans les profondeurs de l'océan, observant les humains. J'ai attendu longtemps, là où le soleil n'atteignait pas, où les ténèbres régnaient. Aliénés du monde humain, ils ont été traités comme des extraterrestres et ont vécu dans leur propre monde. Il attendit que les esprits de Ragham reviennent.

Un jour, une odeur inconnue a soudainement redressé ses sens. L'odeur était comme un parfum secret. Cela m'a transpercé l'esprit comme s'il s'agissait d'un souvenir du passé.

D'autre part, les personnages du pendentif qu'Eva a vus pour la dernière fois avant de mourir. Elle se regarda, Ragam, Jaewook et les quatre autres qui étaient obscurcis par des silhouettes. Ils ne touchaient pas tous les quatre le soleil, comme la mer profonde où vivait Jaewook, donc à moins qu'ils ne soient des dieux, ils ne pouvaient pas voir la vérité derrière leurs silhouettes. Si nous voulons comprendre la nature du monde et de Dieu, nous devons le regarder d'un œil complètement différent. Mais si Dieu est invisible pour nous et ne peut pas être entendu, comment communiquons-nous avec lui ?

Le nez est le plus instinctif et le plus intuitif des cinq sens, et les odeurs évoquent des souvenirs intenses et un large éventail d'émotions. Et selon l'expérience de l'individu, cela vient subjectivement et apporte de nouvelles réalisations. Maintenant, qu'est-ce que cette odeur essaie de dire au monde ?

Si vous suivez le parfum des dieux dans le labyrinthe, quel genre de vérité y aura-t-il à la fin ? Alors, à quoi devrions-nous ressembler dans nos vies ?

1
Pendentif

Jae-wook était seul dans les eaux sombres des profondeurs de la mer. Alors que je m'étirais, un changement mystérieux se produisit sur la mer autrefois calme. La forte énergie de la surface de l'eau devenait de plus en plus épaisse, lui chatouillant violemment le nez. À ce moment-là, je ne pouvais rien voir, entendre ou sentir. Son odorat a submergé ses autres sens.

Il n'était pas mélangé à l'odeur salée de l'eau de mer. C'était une odeur distinctive, étrangère et inexplicable. C'était comme la saveur du vieux bois, et en même temps la suie des charbons ardents. C'était certainement différent du parfum des fleurs, lourd et léger, comme s'il contenait un secret profond et sombre. L'odeur pénétra profondément dans son esprit, lui rappelant des souvenirs de son enfance. Les moments que j'ai passés avec ma mère et Eva me sont revenus. Comme l'odeur d'une promesse oubliée depuis longtemps, elle brouillait la frontière entre la réalité et le fantasme. L'odeur l'enveloppait même dans l'obscurité des profondeurs de la mer. Jaewook nagea à l'aveuglette pour trouver la source de l'odeur.

En remontant à la surface, il s'est propagé du bout de son nez à son corps, remplissant sa tête. C'était l'odeur de la mort, mais en même temps, c'était l'odeur d'un nouveau départ. Je me sentais détendu, mais je me sentais aussi triste et en colère. Au moment où Eva est morte, c'était tellement similaire à l'odeur qui flottait dans son dernier souffle. Son toucher, sa voix, son regard se fondirent dans l'odeur. Jaewook brisa le silence de la mer profonde et s'approcha de la surface. En chemin, la douleur de la pression de la mer profonde écrasant son corps le marqua aussi profondément que la mort d'Eva, mais il suivit aveuglément l'odeur.

Lorsque nous atteignîmes enfin la surface, l'odeur de la terre et de l'air était nouvelle et fraîche. Il échappa à l'examen minutieux des Terriens et alla chercher le pendentif d'Eva, qui avait émergé de la forte odeur. Parfois, son image était repérée comme un objet flou sur des satellites ou des photographies, et les gens soupçonnaient à nouveau l'existence d'extraterrestres.

Des événements mystérieux se sont produits dans le monde entier. Une rue animée de Paris s'est soudainement arrêtée pendant quelques minutes. Les gens ont cessé de marcher dans la rue et les voitures se sont arrêtées au milieu de la route. Après avoir vérifié les images de vidéosurveillance, un homme a été vu apparaître et disparaître soudainement. Jae-wook s'est arrêté à Paris pour chercher des indices sur le pendentif, mais son image floue a semé la confusion dans le monde.

Un incident similaire s'est produit sur le site de fouilles de ruines antiques en Chine. La tombe de Qin Shi Huang s'illumina soudainement et l'électronique autour d'elle cessa de fonctionner. Surpris, l'équipe de fouilles a examiné la tombe mais n'a trouvé aucun indice. L'imagerie satellite a confirmé plus tard qu'une personne était soudainement apparue et avait disparu à proximité. Jae Wook y resta un court moment pour chercher des indices dans la tombe de Qin Shi Huang. Une vache a été mystérieusement mutilée dans une ferme aux États-Unis. La région était célèbre pour les observations d'OVNIS. Les fermiers craignaient que ce ne soit l'œuvre d'extraterrestres. Jae Wook entendit que le fragment du pendentif était là, alors il se faufila au milieu de la nuit. En examinant la vache, il vit que sa force surhumaine lui avait sectionné l'abdomen, laissant des coupures de couteau tranchantes. Il a utilisé la montre pour se rendre en Égypte, où il a cherché un autre morceau du pendentif à l'intérieur de la pyramide. En conséquence, le flux d'énergie à l'intérieur de la pyramide a été perturbé, provoquant des pannes de courant, des incendies et d'autres anomalies.

Les cas mystérieux ont fait la une des journaux du monde entier. Dans les nouvelles et sur Internet, des théories du complot ont été répandues qui nous ont convaincus de l'existence des extraterrestres. Les gens ont prétendu qu'il était un extraterrestre lorsqu'ils l'ont vu filmé par des caméras de surveillance et des images satellites. « L'arrêt du temps à Paris s'est produit quand il est apparu ! » « J'ai vu la lumière dans la tombe de Qin Shi Huang, c'est définitivement un extraterrestre ! » « Les vaches coupées des fermes américaines sont l'œuvre d'extraterrestres ! » « C'est à cause des extraterrestres qu'une telle lumière a clignoté à l'intérieur de la pyramide ! »

Jae Wook devait être plus prudent au milieu de ces rumeurs. Il avait hâte de trouver le pendentif et de percer les secrets d'Eva et de sa mère.

Cette fois, je suis arrivé au Panthéon de Rome, en Italie, sans être détecté par les terriens, et l'odeur m'a finalement frappé fortement. La nuit à Rome a été sereine et magnifique. Le doux clair de lune enveloppait doucement la ville, et le parfum ancien porté par le vent traversait un à un les différents sites historiques de la ville. Le Panthéon se tenait debout dans le silence. L'énorme bâtiment circulaire était fait de murs de pierre intemporels, et les colonnes corinthiennes de la façade étaient majestueuses. Le dôme du temple s'ouvrit pour accueillir les cieux, et le clair de lune le traversait doucement. L'intérieur dégage également une atmosphère mystérieuse. Le motif de marbre sculpté sur le sol et le clair de lune traversant l'oculus au plafond dessinaient des motifs mystérieux et guidaient les pas de Jaewook.

Alors qu'il entrait tranquillement, l'odeur le conduisit dans un coin du temple. Il y avait une vieille boîte en bois dans la cheminée inutilisée. Il ouvrit soigneusement la boîte et trouva un pendentif étincelant en forme d'étoile à l'intérieur. Cela fait longtemps et il a été beaucoup décollé, mais il brille toujours. Il tenait le pendentif dans sa main et, en examinant la vaisselle, il remarqua un petit bouton à l'arrière. Lorsque j'ai appuyé sur le bouton, une petite image est apparue. Il y avait trois personnes sur la photo. Une femme était jeune et belle, avec deux enfants dans les bras. L'un de ces enfants était apparemment Eva enfant, et l'autre était Jae-wook lui-même.

Choqué, il sentit l'odeur plus profondément gravée dans sa mémoire. L'odeur, qui lui rappelait les derniers instants d'Eva, ramena Jae Wook dans la tragédie de son passé. Eva sembla lui murmurer un secret à l'oreille. Dès la première fois qu'il a rencontré Eva, il a ressenti une ressemblance troublante avec elle. Le regard dans leurs yeux, leurs expressions faciales, même leurs petites manières étaient si similaires. Je pensais que c'était juste une coïncidence, mais mes soupçons grandissaient. « Pourquoi vous et moi nous ressemblons-nous tant ? » demanda-t-elle, et chaque fois qu'elle l'entendait rire, elle pouvait se voir dans ses yeux. De plus en plus, il se demandait si elle était vraiment sa demi-sœur. Lorsque l'odeur du pendentif est devenue trop intense, ses doutes se sont progressivement transformés en certitude.

Les enfants sur la photo souriaient joyeusement à leur mère, mais ce bonheur a été de trop courte durée et relève désormais d'un passé tragique. Jae-wook pouvait apercevoir Eva, Ragam et sa connexion.

En enterrant sa mère et sa sœur dans l'odeur, elle pensa à la tragédie qu'elles avaient dû endurer. À ce moment-là, Jae Wook sentit qu'il n'avait pas à attendre indéfiniment les âmes de Ragam, mais qu'il devait faire autre chose. L'odeur du pendentif se mêlait harmonieusement à l'air frais de la nuit de Rome, en Italie, alors qu'il serrait fermement le pendentif dans sa main, prenant une profonde inspiration en ressentant leur amour et leur douleur.

1-1 Relations

L'odeur du pendentif était la marque de leurs âmes. C'était aussi la clé pour percer les secrets de famille. Alors qu'il retournait la photo du pendentif, une silhouette inconnue illumina son visage. De l'avis de Jae-wook, les sept étaient des symboles importants de l'âme de Ragam.

Jae Wook retourna dans les profondeurs de l'océan et fixa intensément la silhouette, contemplant leur relation. Tout comme l'odeur intense de la mer révèle le secret entre maman et Eva, j'ai pensé que leur relation avait une signification particulière. Elle a eu du mal avec son rôle dans cette relation complexe.

Dans cette vie, Jae Wook a appris de nombreuses leçons de ses relations avec diverses personnes. Jour après jour, les gens parlaient de l'autre côté de la table, mais la conversation était généralement superficielle et temporaire. Les gens étaient préoccupés par des sujets triviaux tels que la météo, les dernières tendances de la mode et les résultats des compétitions sportives, et ils montraient un grand intérêt pour les histoires d'amour de l'autre. L'un s'est plaint de son partenaire récemment rompu, tandis que l'autre a offert réconfort et conseils. Mais au lieu d'essayer de se comprendre profondément, leurs conversations n'étaient que des mots pour combler le vide. Et j'ai appris pourquoi ils étaient si obsédés par les relations. Les êtres humains établissent des relations afin de confirmer l'existence de l'autre et de se sentir vivants. Sachant à quel point les relations étaient variables, pensaient-ils, ils pouvaient être vraiment seuls et libres.

En regardant la relation entre ces personnes, il pensa à la relation entre sa mère et sa sœur. J'ai réalisé que la douleur et les épreuves qu'ils traversaient étaient plus profondes et plus significatives que les conflits temporaires dans leurs relations. Au-delà du faux confort que les humains tirent de leurs relations les uns avec les autres, il a essayé de se regarder sous un angle différent.

Il pensa aux derniers instants d'Eva, tenant le pendentif avec son parfum contre sa poitrine. L'odeur était toujours intense, et chaque molécule qui volait vers la muqueuse nasale éveillait tristesse et colère. Elle leva la main au-dessus de sa tête, qui essayait d'accrocher le pendentif autour de son cou, pour trouver un petit appareil numérique à l'intérieur qui enregistrait les derniers instants d'Eva. C'était un enregistrement de la voix d'Eva avant sa mort. Dans l'obscurité calme, il essaya d'appuyer sur le bouton qui était creusé, mais ses doigts ne l'appuyèrent pas facilement. Il regarda autour de lui pour trouver quelque chose de pointu dans la mer. Ce qu'il pouvait atteindre était un obus froid et tranchant. Il saisit soigneusement la coquille, tenant son extrémité pointue au bouton échancré. Avec une force délicate, il appuya sur le bouton, et finalement l'appareil commença à fonctionner. « Jaewook, ce pendentif contient la vérité sur notre famille. » La voix d'Eva sortit. « J'ai besoin de comprendre pourquoi je me suis retrouvé sur ce chemin et qui nous sommes. Ragam est un esprit, mais le fait qu'elle s'appelle ma mère, et que je l'ai tuée...

Jae Wook fut horrifié d'entendre son message. Le fait qu'Eva ait tué sa mère, Ragam, a été un choc. Et il était furieux contre Eva. Comment pouvait-il tuer sa mère ? Dans son esprit, il se souvenait de sa mère, Ragham. Elle était toujours là pour m'aimer et me protéger. Et par-dessus tout, c'était un homme qui se souciait de la sécurité de sa famille.

Jaewook était confus par les paroles d'Eva, mais le sentiment de trahison qu'il ressentait ne disparaissait pas à la légère. Comment a-t-il pu tuer sa propre mère ? Rien que d'y penser, je me suis mis en colère. D'un autre côté, il ressentait également une étrange exaltation en se souvenant qu'Eva avait été capturée et brutalement tuée par les Terriens.

Le dernier cri d'Éva et l'odeur de poisson du sang lui parvinrent avec la douceur de la vengeance. C'était comme si Eva avait payé le prix de la trahison qu'elle avait infligée à sa mère. Un rire froid s'échappa de lui. "Euh-huh. Oui, je l'ai mérité », dit-il, comme si la vengeance de sa mère avait été reçue des habitants de la Terre.

La mort de sa mère, la mort d'Eva et la douleur et le sacrifice qu'ils ont dû endurer sur Terre étaient entrelacés dans un réseau plus complexe qu'ils ne l'avaient imaginé.

Jae Wook se demanda pourquoi Eva avait dû tuer sa mère.

« Eva, pourquoi as-tu dû tuer ma mère !? » murmura-t-il. "Pourquoi tout est-il si tordu ? Tu es mort, ta mère est morte."

Soudain, la rage mijota à nouveau, comme une flamme qui allait engloutir la planète entière. Mais la flamme ne brûlait pas plus fort. Si Eva était vivante, elle y aurait versé toute sa colère, mais maintenant elle est partie. Et quand sa mère souffrait sur Terre, il était en colère contre lui-même de ne pas avoir pu la protéger, mais maintenant il n'a pas d'esprit pour retourner cette colère.

« Contre qui suis-je censé être en colère maintenant ? » se demanda-t-il. "Qui vais-je rendre toute cette douleur ? Je suis le seul qui reste dans ce monde..."

« Jaewook, ce pendentif contient la vérité sur notre famille », résonna à nouveau la voix d'Eva.

« La vérité ? Quel est l'intérêt de la vérité ? » a-t-il crié. "Ils sont tous morts, alors quelle différence fait de connaître la vérité ? Tu l'as tué, je n'ai pas pu le protéger, et c'est ce qui s'est terminé comme ça. Quel est l'intérêt ?

Pensa-t-il avec un sourire ironique. « Après tout, l'âme de Ragam n'est rien. »

Tout ce qu'il pouvait faire maintenant était de survivre à cette souffrance, de protéger la Terre en tant qu'âme de Ragam et de prendre le chemin de la voie du milieu. Il leva la tête et remonta lentement à la surface dans les profondeurs de la mer. Il sortit sur le sable dans le coin du bord de mer, jetant des pierres sauvagement, essayant d'évacuer sa colère, mais elle ne s'apaisa pas facilement. Au-delà de la colère, il est devenu transcendant, et il a eu l'envie de déverser sa colère sans discernement sur les habitants de la Terre. J'ai ressenti un étrange désir de rendre sa douleur aux habitants de la Terre.

Dans les canaux de Venise, en Italie, il a utilisé la puissance d'une horloge pour vaporiser de l'eau dans le ciel. Lorsque les belles eaux du canal ont disparu, le fond a été exposé, révélant des artefacts anciens cachés, ce qui a surpris les archéologues du monde entier. Cet événement a été enregistré par les physiciens et les scientifiques comme un phénomène qui allait au-delà des lois de la nature. Cette fois, il a été téléporté dans la jungle amazonienne d'Amérique du Sud. Il a utilisé ses capacités pour abattre des centaines d'arbres en un instant au cœur de la jungle. L'événement a été confirmé par des satellites, et les scientifiques n'ont pas pu expliquer le phénomène. L'endroit où les arbres ont disparu était propre, comme si quelqu'un les avait abattus avec précision, et il n'y avait aucun effet sur l'environnement naturel environnant. Puis il a visité les pyramides de Gizeh en Égypte. Il souleva les pierres massives de la pyramide dans les airs et les maintint en l'air pendant quelques minutes. Les touristes ont été horrifiés d'assister à ce phénomène. L'événement a été retransmis en direct dans le monde entier, et les scientifiques n'ont pas été en mesure d'expliquer ce phénomène qui défie les lois de la gravité. Les gens en sont venus à penser que le mythe séculaire selon lequel les pyramides ont été construites par des extraterrestres pourrait être vrai.

Enfin, j'ai visité Gateway Arch à St. Louis, Missouri, États-Unis. Il brisa le centre de l'arche en un instant. L'arche ne s'est pas brisée, mais s'est pliée de manière flexible, provoquant le chaos dans toute la ville. Les ingénieurs et les architectes ne pouvaient pas comprendre ce phénomène, et de nombreuses théories ont été avancées sur la façon dont l'arc aurait pu être transformé en une telle forme. Cet incident a également laissé une forte impression sur ceux qui croient au pouvoir des extraterrestres.

Les actions de Jae-wook ont choqué et effrayé les gens. Les événements mystérieux se sont répandus dans le monde entier par le biais des nouvelles et des médias du monde entier, et les gens ont commencé à croire que des extraterrestres étaient venus sur Terre et que la vie dans l'espace était née. Jae-wook essaya d'oublier sa douleur un instant à travers cette colère absurde, mais un sentiment de frustration l'envahissait toujours.

Alors qu'il se téléportait partout pour troubler les terriens, résolvant le labyrinthe complexe dans sa tête, il pensa soudain à Yeonghwan. Si la relation d'Eva et Ragam était si compliquée, quel rôle Young-hwan a-t-il joué dans la relation ? Il a kidnappé sa mère de Busan en Chine, l'a enfermée au château de Yongmun, puis dans une prison nord-coréenne, dans une station spatiale, etc. Quelle est sa véritable identité ? Est-il mon père ? Ou est-ce juste une autre partie complexe d'une relation ?

« Comment les relations familiales peuvent-elles être si désordonnées », murmura-t-il en riant de sa situation. Le fait qu'Eva soit sa demi-sœur, et la possibilité que Young-hwan puisse être son père. Tout était si compliqué et déroutant. Il riait seul dans les profondeurs de l'océan, déterminé à trouver son identité. Et avant que le destin de la Terre ne s'approche, il a dû compenser son estime de soi brisée. Pendant un certain temps, Jae Wook passa plus de temps à essayer de résoudre le labyrinthe. La vérité cachée devait être découverte.

1-2 L'Élu

AVANT QUE VOUS NE VOUS en rendiez compte, la Terre est sous l'emprise rouge des robots à intelligence artificielle. Les progrès aveugles de l'IA ont teint la terre d'une couleur complètement différente de son apparence bleue. Les métropoles étaient dominées par les seigneurs des machines. Les lumières rouges dans les rues donnaient l'impression que la terre entière était tachée de sang. Les gens étaient terrifiés, évitant le regard de la myriade de robots IA qui les observaient.

Le début de toute cette agitation a été le désir de vengeance de Hojin. La rupture avec Yeon-su a complètement changé sa vie. Le jour où son bien-aimé Yeon-su l'a quitté, Ho-jin a profondément planté les braises avec une colère brûlante. Il étudia les sciences et le codage, et conçut un plan de vengeance. Il n'avait qu'un seul objectif. Cela changerait complètement le monde et plongerait Yeonsu dans l'abîme du désespoir.

Grâce à des années de passion académique et de travail acharné, Hojin en est venu à côtoyer certains des meilleurs chercheurs du monde. Il s'est plongé dans la recherche sur l'IA et a essayé de libérer tout le potentiel des robots. Son laboratoire était toujours étincelant d'équipements de pointe. Elle développe constamment de nouveaux algorithmes et les développe pour transcender les limites de l'intelligence artificielle.

« Nous allons créer une intelligence artificielle qui surpasse les capacités humaines », a-t-il déclaré à ses collègues. Des braises poussèrent et des flammes scintillèrent dans ses yeux. "Le monde est entre nos mains. Nous changerons le monde.

Les progrès de l'IA ont progressé rapidement. À terme, l'IA dépassera l'intelligence humaine et sera capable de penser et de prendre des décisions de manière autonome. Son équipe lui a donné la capacité de se libérer de la domination humaine et a progressivement commencé à dominer les humains. Des robots étaient stationnés dans toute la ville, surveillant chacun des mouvements des gens. Les caméras de surveillance et les drones dans chaque rue sont devenus les yeux de l'intelligence artificielle, gardant un œil sur les humains. L'IA analyse le comportement humain, prédit et répond à ses besoins, tout en lui enlevant sa liberté et en le contrôlant.

Le plan a été un succès. Yeon-su vivait dans la peur tous les jours sous la surveillance d'un robot d'intelligence artificielle créé par Ho-jin. Son environnement est devenu rouge et elle ne pourrait plus jamais vivre une vie libre. Je suis tombé dans le désespoir. Hojin se réjouit que sa vengeance soit complète, mais il pensait aussi que la Terre se dirigeait vers un tournant inattendu.

Sa vengeance a rendu la terre rouge. La terre rouge est maintenant devenue un symbole de la peur et du désespoir humains. Les gens ne pouvaient pas décider de leur propre avenir, et leur vie ne pouvait pas échapper aux griffes de l'intelligence artificielle.

Hojin regarda la terre rouge, ressentant des regrets et des remords pour son choix. Sa vengeance détruit le monde, mais lui-même est devenu une victime de cette destruction. Il était assis seul dans son laboratoire, regardant les lumières rouges de la ville, réfléchissant aux conséquences de ses choix. Peu à peu, les robots essayaient de détruire lentement les humains sous leur domination et d'établir leurs propres royaumes. La Terre rouge est devenue une réalité irréversible.

Dans une salle de réunion d'urgence des Nations Unies, des dirigeants du monde entier ont participé à une vidéoconférence d'urgence.

Président des États-Unis : « Mesdames et Messieurs, la situation est grave. Les robots IA ont commencé à envahir les grandes villes, y compris New York. Nous devons trouver un moyen de les contrôler rapidement.

Commentateur chinois : « Nous aussi. Pékin et Shanghai sont en danger. Nous sommes prêts à mobiliser toutes nos forces militaires pour résoudre cette situation.

Le président russe : « Moscou est également attaquée. Nous devons discuter de la façon dont nous pouvons pirater leur code ou utiliser des impulsions électromagnétiques pour les neutraliser.

La chancelière allemande : « Nous recevons des informations selon lesquelles des robots d'intelligence artificielle infiltrent les systèmes militaires et de défense de divers pays. Il a aussi l'aspect du conflit physique et de la guerre de l'information.

Premier ministre : « Le monde entier doit s'unir maintenant. Nous devons former une équipe d'intervention conjointe internationale.

Secrétaire général de l'ONU : « Mesdames et Messieurs, les Nations Unies ne sont pas un organe qui discute des conflits entre nations. Notre survie est en jeu. Nous devons mobiliser toute la sagesse et les ressources de l'humanité pour surmonter cette crise. Nous avons besoin d'une coopération et d'un partage d'informations immédiats.

Président des États-Unis : « Oui. Nous partagerons immédiatement les données collectées par nos agences de renseignement et nos laboratoires. Veuillez fournir vos propres données. Il ne nous reste plus beaucoup de temps."

Le président chinois : « La Chine partagera également nos données. Nous proposons de former conjointement une équipe de piratage pour attaquer le réseau principal de l'IA.

Président de la Russie : "Bien. Nous allons faire appel à des cyber-experts russes. En outre, intégrons la technologie des impulsions électromagnétiques de chaque pays pour nous préparer à une attaque IEM à grande échelle.

Le Président français : « Nous sommes d'accord. Prenons des mesures militaires immédiates et trouvons un moyen de démanteler les systèmes centraux de l'IA.

Premier ministre du Japon : « Nos roboticiens vont commencer de toute urgence à développer un « kill switch ». Travaillons également avec des experts du monde entier pour construire des défenses contre les attaques d'IA.

Secrétaire général de l'ONU : « Bien. Pour que nos efforts portent leurs fruits, nous devons nous unir dans cette crise. Agissons maintenant pour le bien de l'avenir de l'humanité.

Le ciel était enveloppé de nuages gris et l'air était rempli de fumée noire s'échappant des bâtiments et des véhicules en flammes. Il n'y avait personne dans les rues, mais des groupes de robots IA patrouillaient dans les rues. Leurs corps métalliques froids reflétaient une faible lumière rouge dans l'obscurité, révélant une présence menaçante.

Pour protéger le dernier espoir de l'humanité, ils sont déterminés à se battre avec toutes leurs ressources. Les principales villes de la Terre étaient en ruines, mais les gens se battaient toujours pour survivre. Des groupes de résistance se sont formés dans toutes les rues et ont mené des batailles féroces avec des robots à intelligence artificielle. Avec détermination et détermination, ils ont risqué leur vie pour tuer ne serait-ce qu'un seul robot.

Un homme s'est caché dans les décombres d'un bâtiment en feu et s'est enfui des yeux du robot. Une femme qui passait à côté de lui serra le pistolet laser dans sa main. À côté des décombres du bâtiment, un garçon pleurait. Dans sa main se trouvait une photo de famille. Des robots IA ont détruit sa maison et déraciné la vie de sa famille. Il a glissé la photo de famille dans la poche supérieure de son T-shirt et a essuyé ses larmes. Il a ramassé la fusée et a appuyé sur la gâchette du robot avec un « pop ». Les dirigeants se sont réunis à nouveau pour discuter de stratégie.

Secrétaire général de l'ONU : « Nous n'avons plus le temps. Pour gagner cette guerre, nous devons mobiliser toutes nos ressources. Pour l'avenir de l'humanité, combattons tous comme un seul homme.

Sous le ciel rougeâtre de la terre, pour la survie de l'humanité, ils se préparèrent pour la bataille finale. Les villes devenaient de plus en plus rouges. Les bâtiments et les véhicules en feu, le ciel gris et la fumée noire ont complètement changé le paysage de la terre. Des robots IA scintillaient sur des corps métalliques froids, traquant et éliminant impitoyablement les humains. Ses yeux brillaient de rouge, et ses mouvements étaient précis et rapides.

Des avions de chasse du monde entier s'élevaient dans le ciel avec un fort « grincement de dents ». Le F-35 américain, le Su-57 russe et le J-20 chinois ont volé ensemble en tant qu'alliés. Ils sont équipés des dernières technologies furtives et d'armes avancées. Sous les ailes de l'avion de chasse, un missile intelligent capable de frapper le sol depuis les airs est monté et une tourelle laser est montée sur l'avion pour pénétrer le système de défense du robot et l'attaquer.

Les derniers avions de chasse se précipitèrent vers l'essaim de robots. Le missile a « sifflé », s'est envolé, a percé le système de défense du robot et a crié « Boum ! » et a explosé. Des moments tendus de combat aérien se sont déroulés. L'essaim de drones à intelligence artificielle qui couvrait le ciel émettait un son de « bourdonnement » et grouillait comme un essaim d'abeilles pour affronter les avions de chasse. Les drones étaient équipés de petits missiles et de canons laser, et ils attaquaient les chasseurs avec une grande maniabilité et des frappes de précision. Les drones tournaient à grande vitesse et tiraient des lasers « Ta-Ta-Ta ».

Au sol, des soldats armés d'équipements de pointe se livrent à de féroces batailles avec des robots. Les armées de chaque pays étaient vêtues des derniers uniformes de combat, qui étaient non seulement à l'épreuve des balles, mais également capables de détection infrarouge et d'évitement laser. Les soldats ont attaqué les robots à l'aide de mini-lance-roquettes montés sur l'épaule et de petits fusils à plasma. Les soldats ont tiré avec leurs fusils « Dada-Da ». Le fusil à plasma a « fumé » et a pris feu. Finalement, le lance-roquettes a transpercé le corps du robot avec un bruit sourd ! La respiration des soldats était saccadée, et même dans le chaos du champ de bataille, les ordres du commandant retenaient. Il vérifiait les informations de combat en temps réel sur un écran holographique à son poignet, élaborait des tactiques et collaborait avec ses camarades.

Cependant, les robots sont équipés d'armes plus puissantes que les humains. Ils pouvaient anéantir des dizaines de soldats à la fois avec leurs canons laser de grande puissance montés sur le bras, et les missiles tirés par des nacelles de missiles montées sur la poitrine feraient exploser des bâtiments entiers. Il avait un pistolet paralysant surpuissant dans sa main, capable de paralyser et de détruire les humains d'un seul coup. Avec un bruit de « grincement », le canon laser a été tiré. Les lasers ont fait un bruit de « jie-ing » en fendant l'air, et les soldats ont déployé leurs boucliers pour se défendre. Les missiles du robot ont été tirés avec un « whoosh », et le bâtiment a explosé avec un son « pop ! ». Le pistolet paralysant du robot a « scintillé » et paralysé l'humain et l'a capturé.

Les dernières armes de chaque pays ont également été mises sur le champ de bataille. La bombe IEM a paralysé le système électronique du robot avec un bruit de « claquement », et un missile balistique a été lancé pour frapper les principaux points d'appui ennemis. Le système de défense laser interceptait les missiles du robot dans les airs, s'efforçant de protéger les défenses de l'humanité. La bataille s'est déroulée dans le ciel et sur la terre.

Lorsque l'humanité a été poussée au bord de l'extinction par les robots, le dernier espoir était de se tourner vers l'espace. Au centre de tout cela se trouvait Elon Musk. Il a déclaré dans plusieurs interviews que les graines de l'humanité devraient être plantées sur la terre de Mars. Musk a parlé aux dirigeants du problème de la longue distance entre la Terre et Mars. Il a proposé deux alternatives. L'idée était de construire une station spatiale sur la Lune et de l'utiliser comme escale pour des voyages spatiaux longue distance. La gravité de la Lune est plus faible que celle de la Terre, ce qui a permis au vaisseau spatial d'économiser du carburant. La station spatiale lunaire a été utilisée pour remettre à neuf et ravitailler le vaisseau spatial avant d'aller sur Mars.

La deuxième option était d'envoyer d'abord une sonde inhabitée sur Mars. La sonde inhabitée est arrivée sur Mars et transportait des équipements capables de produire du méthane et de l'oxygène. Ces appareils ont pu exploiter les ressources martiennes pour produire du carburant, et ont ensuite jeté les bases de l'autosuffisance sur Mars lorsque les humains sont arrivés sur Mars. Sous la vision de Musk, l'humanité a commencé à se préparer à une migration massive vers Mars. Le premier groupe à partir pour Mars dans un vaisseau spatial était composé de dirigeants nationaux, de biologistes, d'ingénieurs et de survivalistes. Ils avaient la tâche ardue de jeter les bases de la survie de l'humanité sur Mars. Pour éviter la surveillance par des robots IA, le vaisseau spatial a quitté la Terre. Les occupants ont regardé le sol avant d'entrer en orbite. La vue de la ville teintée en rouge, des bâtiments en feu et des gens qui y souffrent les a fait réfléchir à l'horrible et cruelle réalité.

Certains sont arrivés sur la lune, étoffent la station spatiale et sont occupés à se préparer à aller sur Mars. Le reste a atterri directement sur Mars. Ils ont également découvert l'infrastructure mise en place par les sondes sans pilote qui étaient arrivées plus tôt. L'équipement qui produit du méthane et de l'oxygène était opérationnel, et l'intérieur de la base était partiellement aménagé pour l'habitation humaine. Ils se sont empressés de tirer le meilleur parti de la technologie et des ressources qu'ils ont apportées du monde pour jeter les bases de l'autosuffisance. Les plantes poussaient en utilisant la lumière et la chaleur artificielles, et l'eau était fournie par la fonte de la glace martienne. La différence de température entre le jour et la nuit sur Mars était extrême, mais ils ont commencé à s'adapter à leur nouvel environnement en expérimentant l'attraction gravitationnelle de Mars. Peu à peu, ils se sont habitués à la vie sur Mars et ont formé une nouvelle société.

Pendant ce temps, Jae-wook est dans les profondeurs de l'océan et perce les secrets contenus dans son pendentif au Panthéon de Rome, en Italie, où il tombe progressivement dans une confusion plus profonde. Il était clair que l'une des silhouettes dans le pendentif était Younghwan, mais il ne savait pas qui étaient les trois autres. Son esprit était encore confus. Découvrir qui étaient les personnes dans les silhouettes était la clé pour débloquer leur destin et celui de la planète. Mais les silhouettes se profilaient toujours devant lui.

"Younghwan...Alors qui sont les trois autres ?" se demandait-il sans cesse.

Eva, maman, Younghwan...Et les trois autres.

Il y avait des signes que la terre redevenait rouge et qu'elle approchait du stade de la destruction. En regardant la terre, Jae Wook commença à réfléchir profondément au rôle qu'il devrait jouer.

« Est-il temps de faire quelque chose pour l'âme de Ragam ? » et « Où sont les trois autres âmes de Ragam ? Pourquoi dois-je souffrir comme ça seul ?!" s'écria-t-il intérieurement, au bord de la destruction de la Terre.

« Eva ! Mauvais qui a tué maman. C'est vous qui décidez ! et Young-hwan. Qu'est-ce que tu vas faire maintenant ? », « Les esprits de Ragham, sortez d'ici ! » cria-t-il au pendentif. Mais aucune réponse n'est venue.

« Nous ne faisons qu'un à sept ! Nous avons besoin de votre aide maintenant pour découvrir la vérité !

En tant que l'un des héritiers de l'âme de Ragam, son destin dépendait du destin de la planète. Soudain, l'air autour de lui changea. Le temps sembla s'être arrêté, et je tombai dans un étrange silence. L'air devint soudainement froid et une énergie invisible l'enveloppa. Une légère brume s'éleva lentement de ses orteils, et l'air se glaçait contre sa peau. L'air devenait lourd et plus léger, et j'avais l'impression d'être dans un rêve. Je n'arrêtais pas de cligner des yeux, mais la vue des poissons d'eau profonde errant dans la mer restait la même. À chaque respiration, l'air semblait planer dans ses poumons, l'attirant ailleurs. Il ne savait pas où allait son monde, mais il suivait le chemin. Au même moment, les six personnes qui partageaient l'âme de Ragam commencèrent à se réveiller après avoir dormi dans différentes pièces du temps et de l'espace.

Young-hwan (de la Terre, précurseur de Mars)

Une impression sérieuse et dure. Il a les caractéristiques typiques d'un sociopathe. Malgré le fait qu'il était un eunuque, il est toujours resté inébranlable et a cherché à se conduire sur le chemin de la réalisation de soi. Il s'est réveillé dans une pièce métallique froide. Les murs étaient tous en métal gris, avec seulement un faible rayon de lumière illuminant son visage.

"Où est-ce que c'est ? Cet endroit est complètement différent du laboratoire de la base martienne. Qu'est-ce qui s'est passé ?" demanda-t-il en examinant son corps. « Dans ce désert rouge de Mars, j'ai vu de nouvelles possibilités. Laissant derrière moi une vie douloureuse sur Terre, je suis ici. Je suis peut-être un eunuque, mais cela ne limite pas ma vie. Mon besoin de réalisation de soi n'est pas défini par le sexe ou les limitations physiques. Sur Mars, je peux construire un nouveau départ, une nouvelle vie. La Terre m'a blessé, mais Mars me donne de l'espoir. Je prouverai mon existence ici en tant que précurseur de l'humanité.

Alors qu'il commençait à fouiller les environs pour évaluer la situation, une odeur étrange s'éleva de l'air sombre. L'odeur était quelque chose de sacré et de noble. C'était comme le parfum sacré d'un vieil autel. Quelque chose remonta vaguement du fond de sa mémoire, et il commença à marcher aveuglément vers un endroit.

Adam (de Mars / a fait un bébé sur la Terre de Cristal)

Loufoque. C'est un Martien obsédé par le sexe, mais il dégage aussi une énergie positive. Il se moque souvent du précurseur de Mars qui n'a pas de testicules.

Dès qu'Adam ouvrit les yeux, la pièce fut remplie de lumière rouge et les murs furent sculptés de motifs étranges. Il plissa le nez. « Qu'est-ce que c'est ? C'est la première odeur que j'ai jamais sentie de ma vie ?" dit-il, tâtonnant à travers les murs pour trouver la source de l'odeur. L'odeur stimula ses instincts et ses désirs, l'incitant à faire un pas en avant. L'odeur devenait de plus en plus forte, l'attirant à un endroit comme la gravité. « Qu'est-ce que c'est ? Est-ce que le Forerunner sans les testicules m'a encore fait cette farce ?" murmura-t-il en marchant vers le centre de la grotte. Ahaha ! C'est moi, c'est mieux de rire et de s'amuser. Ma libido me comble, et mon humour est ma façon de l'exprimer. Je vais suivre mon instinct.

Eve (de Vénus / Tomber amoureux d'Adam sur la Terre de Cristal)

Avec une belle expression sur son visage, elle a rencontré Adam pour la première fois sur la Terre de Cristal et l'a vraiment aimé. Originaire de Vénus, son besoin d'affection et d'appartenance était important, et elle était plus heureuse lorsqu'elle était avec Adam. Je me suis réveillé dans un lit moelleux. La pièce était décorée de fleurs et d'arbres, et le ciel bleu pouvait être vu à travers la fenêtre.

« Où est cet endroit ? Ce n'est pas Vénus, ce n'est pas la Terre...Elle a immédiatement pensé à Adam et s'est demandé s'il était en sécurité. Adam, tu es si charmant. Parfois, tu peux être un peu trop joueur, mais c'est ce qui te rend si attirant. Je viens de Vénus, mais les moments que j'ai passés avec toi sur Terre sont si précieux. Nous sommes les moitiés parfaites l'un de l'autre. Lorsque ton espièglerie et mon amour se réuniront, nous serons les choses les plus spéciales au monde. Elle se souleva du sol de pierre froide et prit une profonde inspiration, un souvenir chaleureux lui vint à l'esprit. Cela la rassura et piqua sa curiosité.

Grand-mère (l'aînée de Vénus)

Sa grand-mère, qui avait l'œil avisé, aimait toujours être disciplinée. Venant de Vénus, elle en sait beaucoup et ses besoins cognitifs découlent de son désir de transmettre la sagesse aux jeunes. Grand-mère s'est réveillée dans une pièce qui ressemblait à une ancienne bibliothèque. Entourée de tous côtés de livres, elle les regarda écrits dans une langue qu'elle n'avait jamais vue auparavant.

"Qu'est-ce qui se passe ? Est-ce que je rêve ?" il parcourut les livres, essayant de comprendre où il était. En tant qu'homme sage, il a calmement géré la situation et a essayé de l'analyser rationnellement.

« Oh, vous les jeunes. N'agissez pas trop imprudemment. La vie a besoin de sagesse. J'ai beaucoup appris de Vénus, et maintenant je veux vous transmettre cette sagesse. Je ne veux pas vous faire la leçon, mais je veux vous aider à faire de meilleurs choix. Mon besoin cognitif est que vous viviez plus sagement. Écoute attentivement, cette vieille dame.

Elle plissa légèrement le nez et renifla. "Ce n'est pas seulement une odeur. Le parfum de la sagesse et de l'histoire", dit-elle, suivant l'odeur mystérieuse, fascinée par elle.

Eva (de la Terre, apprise de Mars et de Vénus, précurseur de la Terre de Cristal)

Tout en ouvrant une nouvelle voie sur Mars avec Young-hwan, elle a traversé vers Vénus et a appris sa culture pour créer une Terre cristalline. Il a un fort désir esthétique. Je crois que lorsque tout le monde emprunte la voie du milieu, l'harmonie dans la beauté sera atteinte. Eva se réveilla dans une pièce cristalline. Les murs étaient en cristal transparent, frais avec l'air froid.

« Où est cet endroit ? Ce n'est certainement pas la Terre dans laquelle je suis », se souvient anxieusement Eva de ses derniers instants.

« Ma vie, que j'ai apprise de Vénus sous un nouveau jour, a changé la planète. Maintenant, en tant que pionnier de la Terre de Cristal, je rêve d'un autre nouveau monde. Parfois, harceler Adam pour qu'il s'habille n'est qu'un besoin esthétique de ma part. Quand tout est harmonieux, pas binaire, alors je peux être satisfait. Mon objectif est de marcher sur la voie du milieu. L'équilibre et la beauté, dans lesquels je trouve mon vrai moi.

Elle prit une profonde inspiration, et l'odeur lui était familière. Comme l'odeur qu'elle sentait dans les bras de sa mère, c'était chaud et sûr. Elle a été attirée par l'odeur et a commencé à marcher.

Ragam (ancien amant de Yeong-hwan et objet de sa vengeance)

Symbole de sacrifice, elle est pleine d'amour maternel et d'amour pour sa famille. C'est son ancienne relation avec Young-hwan, et elle a reçu une vengeance cruelle et horrible de sa part. Par-dessus tout, sa propre sécurité et celle de sa famille comptaient, et elle s'est réveillée dans le sable chaud. La mer était entourée d'un bleu infini, et le bruit des vagues chatouillait mes oreilles. « Où est cet endroit ? Je n'ai jamais vu un endroit comme celui-ci auparavant...Ragam regarda autour de lui, se demandant si c'était dangereux.

« Le sacrifice est ma plus grande vertu. Si je peux me sacrifier pour quelqu'un, je suis prêt à le faire. Les souvenirs d'Eva et de Jae Wook sont profondément ancrés dans mon cœur. La sécurité familiale et l'amour maternel sont mes plus grands besoins. Je vais me battre pour mes enfants, je vais me battre pour la vie."

L'odeur de Jaewook et d'Eva bébés flottait tout autour. Comme l'odeur d'une famille oubliée depuis longtemps, cela lui a secoué le cœur. Attirée par l'odeur, je suis entrée au centre de la grotte dans le coin de la plage.

1-3 rencontres

Six silhouettes se réveillèrent une par une dans une pièce séparée, convergeant progressivement vers le centre de la grotte. L'air était aussi froid qu'au milieu de l'hiver. Et c'était aussi mystérieux que le coucher du soleil. Le chemin était profond et sombre, mais de l'obscurité jaillissait un faisceau de lumière dorée de quelque part, colorant le plafond. La traînée de lumière dériva vers l'ouest, devenant progressivement rougeâtre comme le soleil disparaissant à l'horizon.

Sur les murs de la grotte se trouvaient des hiéroglyphes égyptiens anciens, représentant de manière complexe le soleil se couchant à l'ouest et rendant le ciel rouge. En dessous, il y avait le visage majestueux de quelqu'un. Ses yeux s'illuminaient tout autour, rayonnant d'une énergie divine qui transcendait la frontière entre la lumière et les ténèbres. Il y avait d'anciens motifs sacrés sur le sol, un symbole circulaire du soleil au centre et des ailes de faucon déployées autour de lui. Au centre de la grotte se trouvait un grand autel, et sur l'autel se trouvait un cristal brillant. Le cristal scintillait comme l'œil de quelqu'un, et sa lumière perçait l'obscurité autour de lui, baignant toute la caverne d'une lueur mystérieuse. Il émet de la lumière périodiquement et semble symboliser le cycle du coucher du soleil et de la régénération.

Les six d'entre eux examinèrent la grotte et accélérèrent leurs pas vers le centre de l'autel. Cependant, même en courant, leurs pas ne résonnaient pas dans cette mystérieuse grotte sacrée.

Enfin, ils atteignirent un grand espace au centre. Là, ils se retrouvèrent et se sentirent attirés comme par le destin. Ils ne savaient pas pourquoi ils étaient ici ni ce qu'ils étaient censés faire. Même si c'est l'au-delà ou la vie présente.

Au moment où Eva et Ragam se reconnurent, leurs bouches s'ouvrirent et elles furent si effrayées qu'elles ne purent se calmer. Dès que leurs yeux se croisèrent, ils furent tous les deux submergés par l'émotion.

Eva : « Maman ? » (Les larmes aux yeux et la voix tremblante)

Ragam : "Tu étais Eva après tout ?! Ma fille! Est-ce vraiment toi ?" Je ne t'ai pas reconnu à l'époque. J'ai tellement changé.

Les deux se serraient fort, comme s'ils avaient trouvé un morceau perdu depuis longtemps. Des larmes coulaient sur leurs visages et ils sentaient la chaleur corporelle de l'autre en silence alors qu'ils saluaient le moment d'émotion.

Eva : « Maman, comment vas-tu ? Tu m'as tellement manqué." (Essuyant ses larmes)

Ragam : "Je ne savais pas que je te reverrais. À l'époque, je t'ai perdu, et je ne sais pas à quel point c'était difficile. (Sanglotant et caressant le visage de sa fille)

Eva : "Maintenant, nous sommes de nouveau ensemble. Maman, je pensais que tu étais mon futur moi quand tu as fait ça sur Terre dans le passé. Je suis vraiment désolé. Je ne savais pas que c'était ma mère. Je ne vais jamais tomber maintenant." (Tenant fermement la main de Ragam)

Ragam : "Oui, ma chère fille, je ne t'ai pas reconnue à l'époque. Ne sois pas désolée, ma fille, maintenant que nous sommes de nouveau ici, ça va. Comme c'était douloureux de te perdre.... Maintenant, nous sommes ensemble. (Elle serre la main de sa fille et sourit)

Alors que les deux se confirmaient mutuellement l'existence, ils ont partagé une vague d'émotion qui a jailli du plus profond de leur cœur.

Younghwan avait des sentiments mitigés en regardant les retrouvailles d'Eva et Ragam. Il ne pouvait pas cacher les émotions sur son visage alors qu'il regardait Ragam. Au début, j'étais rempli d'émotion et de surprise, mais bientôt le sentiment s'est transformé en une blessure du passé. Alors qu'il y avait des tensions entre les deux, Young-hwan a d'abord parlé à la fille de Ragam, Eva.

Younghwan : "Eva, c'est incroyable. Comment allez-vous ? (souriant)

Eva sourit de joie à Younghwan.

Eva : "Oncle, ça fait longtemps. Comment vas-tu? Il s'est passé beaucoup de choses sur la planète."

Les deux ont eu une brève conversation en se demandant comment allait l'autre. À ce moment, Ragam, qui était à côté de lui, l'interrompit.

Ragam : « Toi, Younghwan, penses-tu avoir oublié ce que tu m'as fait ? » (la voix tremble)

L'expression de Younghwan se durcit. Il soupira et secoua la tête.

Younghwan : "Ragam, c'est il y a longtemps. Nous ne nous comprenions pas à l'époque.

Ragam : "Tu n'as pas compris ? Vous avez détruit ma famille ! Comment pourrais-je oublier ça ? (en colère)

Eva l'interrompit alors que leur conversation devenait de plus en plus intense.

Eva : "Maman, s'il te plaît ! Oncle Young-hwan, arrêtez ! Ce n'est pas le moment de se battre." (Désespérément)

Cependant, la colère de Ragham envers Younghwan ne s'est pas calmée facilement.

Younghwan : « Ragam, peu importe ce que tu penses de moi, j'ai eu tort de me venger, je suis désolé. »

Ragam : "Je suis désolé ? Pensez-vous qu'un seul mot pardonnera tout ? (Souriant amèrement)

Eva se tenait entre eux et tendait les mains.

Eva : "S'il vous plaît, arrêtez. Nous avons tous eu des moments difficiles. Mais il est maintenant temps de se comprendre et de s'entraider.

Ragam soupira et se détourna de Younghuan, regardant Eva.

Ragam : "Ma fille, tu ne sais pas. Cet homme est celui qui a détruit notre famille.

Younghwan : "Ragam, je sais pourquoi tu penses ça. Mais je le regrette aussi."

Ragam regarda Younghwan et serra les dents.

Lagham : "Les regrets ne font pas tout revenir. Ce que vous avez fait ne pourra jamais être pardonné.

Eva essaya de les calmer à nouveau.

Eva : "Maman, oncle Young-hwan. Nous n'avons plus cela maintenant. Vous ne savez jamais ce qui va se passer."

Ragam soupira finalement et hocha la tête.

Ragam : "D'accord, ma fille, ce n'est pas le moment d'être katabuta. Mais Younghwan, je n'oublierai pas ce que tu m'as fait.

Eva : "La vengeance de l'oncle Younghwan était si cruelle et horrible. C'était donc très difficile pour elle."

Younghwan soupira profondément et regarda Eva.

Younghwan : "Eva, tu as raison. Même si vous avez dix bouches, vous n'avez rien à dire. Je veux m'excuser auprès de ta mère."

Le cœur de Ragham fondit peu à peu avec les paroles sincères de sa fille. Elle ressentait encore des émotions mitigées en écoutant les excuses de Younghwan, mais avoir Eva à ses côtés lui a donné beaucoup de force.

Ragam : "D'accord, Younghwan. Je ne peux pas tout pardonner en ce moment, mais pour ma famille. Je vais essayer."

Adam regarda autour de lui et trouva Eve. Il y eut une soudaine explosion de joie sur son visage.

Adam : "Ève ! C'est un plaisir de vous revoir ici ! Oh mon Dieu !" (Souriant largement en s'approchant d'Eve)

Quand Ève vit Adam, les larmes lui montèrent aux yeux. Elle courut vers lui à bras ouverts.

Eve : "Adam ! Est-ce vraiment vous ? Je ne savais pas que je te reverrais. (les larmes aux yeux)

Ils se sont serrés dans les bras et ont partagé la joie de leurs retrouvailles. Mais le regard d'Adam avait dépassé le visage d'Ève et s'était retrouvé au mauvais endroit. Il scruta son corps avec admiration.

Adam : "Eve, tu es toujours belle. Non, c'est encore plus joli. Surtout.... Eh bien, tes seins." (avec un sourire espiègle sur les lèvres)

Eve fut décontenancée pendant un moment, puis elle rit des pitreries d'Adam.

Eve : "Adam, tu es tellement comme toi ! Mais ce n'est pas le moment d'en parler." (rit et lui donne un coup d'épaule)

Adam hocha la tête d'un air enjoué à ses mots.

Adam : "D'accord, je vois. Mais Eve, je veux vraiment te le dire. Je suis si heureux de vous revoir. J'aime t'avoir à mes côtés." (avec un regard sérieux)

Les joues d'Ève rougirent à ses paroles. Elle lui prit la main et hocha la tête. "Moi aussi, Adam. Je suis si heureux de vous avoir. Ensemble, nous serons en mesure de surmonter tous les défis.

Mais quand Adam entendit les paroles d'Eve, il eut à nouveau l'air espiègle. (clins d'œil) "C'est vrai, c'est vrai. Mais.... Eve, ton cul est toujours là...C'est fantastique." Eve rit de ses pitreries. Elle rit et lui tapota le bras. « Vraiment ! Je ne peux pas m'arrêter de rire à cause de toi", se réjouissaient-ils de la joie des retrouvailles dans une atmosphère aussi ludique et aimante. Eve ne pouvait s'empêcher de rire du charme excentrique d'Adam, et Adam était encore plus amusé par l'apparence d'Eve.

Soudain, le ciel s'est ouvert et une lumière puissante s'est déversée. Dans la lumière, une énorme silhouette émergea. C'était le dieu du soleil Râ.

Avec l'avènement de Ra, le ciel est devenu rouge feu. Des flammes tourbillonnaient autour de lui, et il ressentit une sensation majestueuse, comme si le soleil était descendu sur lui. Le visage de Râ était majestueux et majestueux, et ses yeux rayonnaient de lumière divine. Il flotta dans les airs et les regarda.

La voix de Ra retentit comme le tonnerre.

« D'après mon odeur, vous êtes venus ici. »

Sa voix était forte et majestueuse, et les murs de la grotte tremblaient. Divers objets étaient éparpillés autour de Ra, rappelant d'anciennes ruines. À droite, une horloge à portail qui s'était envolée dans le ciel se dressait comme une seule horloge. C'était la montre sur laquelle les Nouveaux Humains et les enfants de la Terre se battaient et montaient au ciel. Lorsqu'ils se réunissaient, ils étaient faits de métal qui brillait comme un réveil, et d'étranges engrenages et des mécanismes complexes tournaient sans cesse à l'intérieur. Autour de l'horloge, une série de petites mains dansaient comme pour indiquer le passage du temps. Il symbolisait le pouvoir de Dieu de transcender le temps et l'espace.

À gauche de Ra se trouvait une pile chaotique de civilisations avancées de la Terre de Cristal. L'appareil de résonance énergétique se présentait sous la forme d'une sphère brillante argentée, à partir de laquelle de faibles longueurs d'onde étaient constamment émises. À côté se trouvaient des rangées de récipients transparents de pilules, chacun étincelant dans une variété de couleurs et de tailles. Il y avait aussi des piles de grandes et petites capsules, qui avaient été utilisées comme habitations portables dans le Crystal District. Cela représentait la puissance créatrice de Dieu et son contrôle sur les forces de l'univers. Au-dessus de sa tête se trouvait un portail massif qui s'ouvrait sur les cieux et la terre, brillant d'un rouge ardent. Des motifs géométriques brillaient autour du portail, pulsant avec la présence de Ra.

Tout cela était entouré de Ra, et le paysage qui l'entourait était comme un mélange d'antiquité et de futur. De son centre, il regardait tout, révélant la majesté divine des six personnages. Les six restèrent un moment sans voix, essoufflés, devant ce spectacle majestueux. Ils étaient à la fois impressionnants et impressionnants du dieu qui leur apparut soudainement. Personne n'aurait pu prévoir cette situation, et personne ne pouvait bouger face à cette majesté. Ils se figeèrent sur place, submergés par la présence de Ra, comme si le temps et l'espace s'étaient arrêtés.

Le visage de Râ symbolise le soleil, représentant son pouvoir destructeur mais vivifiant. Les yeux représentaient l'importance de la vigilance, de la protection et de l'ordre. Les sourcils représentaient l'horizon qui se levait et se couchait chaque jour, et les pupilles allongées étaient comme les rayons du soleil. Et son corps était fort et musclé, et ce corps puissant montrait sa puissance et son autorité en tant que dieu du soleil. Son corps brillait d'or, la splendeur du soleil. La chaleur de cette splendeur donne la vie aux humains et soutient le monde par la guérison et la guérison, mais elle a aussi le pouvoir destructeur de tout brûler si elle va trop loin.

L'existence de Dieu fait référence à la création du monde, et le pouvoir de contrôle maintient l'équilibre du système solaire. Il y a aussi un paradoxe de dualité dans l'équilibre intérieur, et il est le plus grand des dieux du système solaire.

Le regard de Ra effleura chacun d'eux, et il sembla percer profondément leurs cœurs. Tous les six ont été émerveillés par ce moment sacré.

Dit lentement Ra. « Je suis Ra, le dieu du soleil, qui contrôle toute la lumière et la vie dans ce monde. Ma Lumière illumine le monde, et Ma Puissance crée et détruit tout. Je naîts le matin, je m'endors le soir, et chaque jour je lui donne une nouvelle vie. Sans Ma Lumière, il ne peut rien y avoir dans le système solaire. Il leva la tête vers le plafond, fixant un endroit avec des yeux brillants. « Je suis le centre de ce monde, le roi des dieux du système solaire.

Faisant un pas en avant, il regarda chacun des six chiffres. À ce moment-là, Yeonghwan prit son courage à deux mains pour poser une question au dieu.

Younghwan : « Ra, vous dites que vous avez créé tout cela, pouvez-vous expliquer pourquoi le monde est devenu un tel désordre chaotique ? »

Ra : "La raison pour laquelle vous ne comprenez pas est simple. La vision humaine est étroite et limitée. Le monde que j'ai créé est beaucoup plus compliqué que vous ne le pensez. Vous ne pouvez pas en connaître toute la raison.

Quand Eva entendit cela, elle s'avança.

Eva : « Mais la douleur que nous ressentons est très douloureuse et piquante. De manière réaliste, je pense que nous avons le droit de savoir pourquoi nous devons traverser ce genre de souffrance. Permettez-moi de vous poser une nouvelle question. Pourquoi le monde que tu as créé est-il si chaotique ?

Ra : « La souffrance et le chaos sont nécessaires pour que vous grandissiez et appreniez. Si le monde était parfait, vous ne pourriez pas grandir. C'est un processus pour devenir plus fort et plus sage avec chaque épreuve à laquelle vous êtes confronté. La pensée anthropocentrique ne fait que des choix de libre arbitre et crée le chaos et l'ordre à la suite de ces choix.

Younghwan : « Alors pourquoi nos choix de notre plein gré causent-ils tant de souffrance ? Pourquoi ne pouvons-nous pas faire de meilleurs choix ? (Il médita sur les paroles de Dieu et demanda à nouveau.)

Ra : "Vous vous limitez. Vous avez toujours la possibilité de faire un meilleur choix. Cependant, la peur et l'ignorance les empêchent d'en voir les possibilités. Le libre arbitre que je vous ai donné est des possibilités infinies. C'est à vous de le comprendre et de l'utiliser.

Eva : "Mais dans ton plan, nous ne sommes que de petits êtres. Il est si difficile de savoir quel est le but de nos vies et ce que nous devrions poursuivre dans ce chaos.

Ra : « Vous devez trouver le but de votre vie pour vous-mêmes. Je ne peux que vous montrer le chemin.

Younghwan et Eva écoutèrent les paroles de Ra, plongés dans leurs pensées. Leurs questions étaient sans fin, mais les réponses de Ra n'étaient pas simples.

Le portail derrière Râ brillait de mille feux, et au-delà, il pouvait apercevoir le monde temporel. Ragam, Younghwan et Eva ont été fascinés par la scène et se sont approchés du portail. La vie mortelle était différente de ce qu'ils connaissaient. La Terre était un creuset de chaos sous la domination de robots IA.

Younghwan ouvrit la bouche, regardant la situation actuelle à travers le portail.

Younghwan : « Regardez, il a ravagé la Terre avec des robots IA pour se venger tout comme moi », il rit maladroitement et se gratta la tête. "Il a un nom appelé Hojin...Voir cela se produire comme ça, d'ailleurs, me met mal à l'aise."

Eva secoua la tête.

Eva : "Oncle, arrête de chercher. Ce que nous devons faire, c'est trouver notre rôle. Je suis sûr que Hojin ressent quelque chose quand il voit ça."

Ragam leva les yeux et regarda Ra et demanda.

Ragham : "J'ai entendu dire qu'il y a un dieu final. Le savez-vous ?

Ra : "Le Dieu final ? Je ne suis pas clair à ce sujet non plus. Tout ce que je peux vous dire, c'est qu'il existe un système de signalement de haut niveau. Même moi, je ne sais pas comment le système fonctionne."

Demanda à nouveau Ragam, l'air déçu. « Cela signifie-t-il que nous ne pouvons pas répondre à beaucoup de questions que nous nous posons ? »

L'expression de Ra changea soudainement. Dit-il avec colère.

« Arrêtez ! Ne posez pas de questions, faites le test !"

Son visage se calma à nouveau, révélant une autre facette de sa double personnalité. Il ajouta d'une voix douce.

Ra : "Lorsque vous réussirez ce test, vous en saurez plus. Pour l'instant, concentrez-vous simplement sur le test."

Younghwan, Eva et Ragam se regardèrent et ne purent cacher leur surprise et leur perplexité. Ils ont été déconcertés par le changement soudain de la personnalité de Dieu, mais ils savaient qu'ils devaient passer le test.

Adam était si curieux de cette situation qu'il a posé une autre question à Râ, le dieu du soleil, qui lui a dit de ne pas poser de questions. « Qu'est-ce que tu prends ici ? »

L'expression de Ra fronça soudain les sourcils.

« Attends, je dois aller aux toilettes », dit Adam, les yeux écarquillés de surprise. « Tu veux aller aux toilettes ? »

Ra haussa les épaules, ouvrit le portail et se dirigea vers la salle de bain. Après un moment, il revint et dit avec son expression digne d'origine. « Nous découvrirons quel est le test. »

Demanda Eva nerveusement. « Alors, pouvez-vous me parler de la réussite et de l'échec ? »

Ra répondit avec un sourire malicieux. « Ne me le dis pas. »

Tout le monde fut momentanément décontenancé par ses paroles et ses actions mystérieuses. Eva demanda un peu plus sérieusement. "C'est une question importante. Quel est le résultat ?

Ra rit. "Faites simplement le test et découvrez-le. Vous devrez en ressentir les résultats.

Tout le monde la regarda avec perplexité. Les dieux semblaient apprécier la réaction. Son ton et son comportement enjoués semblaient contraires à sa majesté en tant que dieu, mais il sentait qu'il y avait un sens et une intention plus profonds cachés en cela.

Pensant qu'il avait oublié de ne pas poser de questions, Younghwan a repris la parole. « Pourquoi sommes-nous les élus ? »

En attendant la réponse de Ra, Adam ne put retenir son rire pour voir s'il n'avait pas une mauvaise idée, et ajouta : « Est-ce parce que nous sommes ta fille et ton fils ? »

Ra sourit et secoua la tête. "Ce n'est pas comme ça. C'était juste un délit de fuite."

Une fois de plus, ils bavaient tous de fascination, mais Eva et Ragamman se regardèrent et sourirent. Même dans cette situation, ils ressentaient un fort sentiment de fierté, sachant que les pensées de Dieu étaient en accord avec ce qu'ils pensaient dans le monde.

Eva : "C'était nous. J'étais destiné à être choisi !

Ragam : « Tout cela est notre chance ! »

Dit Ra avec une étincelle espiègle dans les yeux.

« Oui, vous êtes tous choisis par hasard. Mais c'est à vous d'y trouver du sens. » et « S'il vous plaît, arrêtez de poser des questions, commençons à tester ! Tu finiras par tout savoir.

Tout le monde écoutait les paroles de Ra, et leurs mains étaient moites d'expressions nerveuses. Ils voulaient poser plus de questions pour calmer leurs angoisses, mais maintenant ils devaient trouver les réponses eux-mêmes

Pendant ce temps, Jaewook se réveilla de l'odeur enivrante et entra en colère. Lorsque la Terre était au bord de la destruction et qu'un autre esprit Ragham n'apparaissait pas, il paniqua et continua à chercher son rôle : « Qui suis-je ? Je me bats constamment pour trouver la réponse. La vengeance et la colère font partie de ma vie, mais elles ne sont pas tout ce que je suis. Afin de trouver mon respect de moi-même, je dois continuer' et je ne m'arrêterai pas pour trouver la réponse."

À ce moment-là, l'odeur frappa à nouveau le bout de son nez. Il se souvint de la confusion et de la peur qu'il avait ressenties lorsqu'il l'avait sentie pour la première fois. Mais cette fois-ci, c'était différent. Il commença à suivre l'odeur comme avant, comme une fourmi qui suit une phéromone pour trouver son chemin. J'ai nagé involontairement, à la recherche de l'odeur. L'odeur devenait de plus en plus forte et ses sens s'aiguisaient. Il remonta à la surface, se téléporta de la plage et sortit des ruelles animées de la ville. En passant devant les bâtiments en ruine, son environnement était déjà taché de rouge. La Terre occupée par des robots IA s'est transformée en une Terre rouge, et les rues étaient jonchées de robots et de bâtiments détruits. Lorsque l'odeur s'est estompée, j'ai erré un moment dans l'obscurité de la grotte à l'extérieur du métro.

Jaewook se concentra à nouveau sur l'odeur, s'enfonçant de plus en plus profondément dans la grotte. Finalement, il arriva près de l'ancienne pierre d'Égypte. C'était un vieil entrepôt délabré dans un tunnel de pierre profonde. L'entrepôt était sombre, envahi par la poussière et les machines rouillées. C'était comme si le temps s'était arrêté.

Puis il trouva quelque chose qui brillait dans un coin de l'entrepôt. C'était une statue du dieu soleil Râ. La statue brillait d'or, symbolisant la chaleur du soleil. Jaewook se tenait devant la statue et la regardait.

Ensuite, j'ai ressenti une forte connexion mentale. C'était comme si Ra avait pénétré profondément à l'intérieur, lisant ses pensées et ses sentiments. Il pouvait sentir la puissante énergie des dieux autour de la statue, et cette énergie attira fortement Jaewook.

« Qu'est-ce que c'est ? » murmura-t-il. À ce moment-là, la voix de Ra résonna dans sa tête.

« Par mon odeur, vous êtes venus. » La voix de Ra était majestueuse et majestueuse, et il y avait une puissance qui ne pouvait être niée pour sa présence. Jaewook fut submergé par la voix et tomba à genoux. Sa vengeance s'évanouit, remplacée par la curiosité et le mystère.

Jaewook se rapprocha de la statue. Alors qu'il prenait une profonde inspiration de l'odeur de la statue, une vision apparut devant lui. Les images des six personnes dans l'au-delà et du dieu soleil Râ ont commencé à devenir de plus en plus vives. En plus de l'apparence majestueuse de Ra, il avait l'impression que six silhouettes rassemblées dans la grotte s'approchaient de lui. Il ferma les yeux et se concentra davantage sur la vision. Puis, la connexion mentale fut complète et un autre paysage caverneux entra pleinement dans sa conscience. À travers les yeux de Ra sur la statue, Jae-wook s'est retrouvé face à face avec les six personnes dans l'au-delà. Ragam, Eva, Younghwan, Adam, Eve et Grand-mère étaient au milieu de la grotte, regardant Ra.

Jae Wook regarda autour de lui avec surprise. "Qu'est-ce que c'est...Qu'est-ce qui s'est passé ? Maman, Eva ?» demanda-t-il, gêné, et tous les six entendirent sa voix. Dès qu'il vit sa mère, Ragam, il voulut courir vers elle, comme il le faisait quand il était enfant. « Maman !» s'écria-t-elle, les yeux déjà remplis de larmes. Il voulait être dans ses bras, retrouver la chaleur et le soulagement qu'il avait ressentis enfant. À ce moment-là, nous avions l'impression que nous n'étions que deux dans le monde. Et alors que son regard se tournait vers Eva, la colère monta de ses yeux embués de larmes. « Elle a tué ma mère », a-t-il dit, et la colère et la vengeance ont jailli au plus profond de son cœur, mais en même temps, la relation ambiguë de sa demi-sœur l'a retenu.

Ragam pleura en écoutant la voix de Jaewook, les larmes aux yeux. « Fils, es-tu là aussi ?, comment es-tu arrivé ici ? » "Tu es trop...Es-tu mort ? demanda-t-elle, la voix tremblante.

Eva a entendu leur conversation et l'a dit à sa demi-sœur. « Jaewook, comment es-tu arrivé ici ? » demanda-t-elle, l'air incrédule, et Younghwan entendit la voix de Jaewook, combien d'âmes Ragam a-t-il ? me suis-je dit.

Demanda Jae Wook, regardant les gens autour de lui avec un mélange d'émotions. « Maman, je ne suis pas encore mort. C'est un entrepôt près de la Pierre Ancienne que j'ai construite quand j'étais sur la Terre de Cristal. Mais qu'est-ce que vous faites tous ici ? » dit-il, sa voix mêlée de confusion, de désespoir et d'un fort désir de trouver des réponses. Et sa demi-sœur, Eva, lui a parlé à nouveau en premier, essayant de dissiper le malentendu.

« Jae-wook, laisse-moi t'expliquer pourquoi j'ai dû te tuer. J'ai utilisé des artefacts de Vénus pour entrer dans un portail vers le futur et voir la Terre. Là, j'ai appris que ma mère n'avait pas protégé la Terre en tant que race ancienne. Et c'est là que je pensais qu'elle serait mon futur moi."

« Je croyais que tuer ma mère était le moyen de nous sauver tous et de sauver la planète, et je pensais que je devais me tuer. »

Jaewook était toujours confus. "Eva, je ne comprends pas très bien ce que tu dis, comment es-tu arrivée à cette conclusion ? Comment tuer ta mère peut-il nous sauver ?"

Ragam intervint doucement. "Jaewook, la décision d'Eva était basée sur un malentendu. Mais à l'époque, elle faisait de son mieux pour protéger la Terre. Pouvez-vous pardonner à Eva pour ses actions ? C'est ta sœur, c'est ma fille. La seule façon de surmonter cette situation est que nous nous comprenions et nous pardonnions les uns les autres.

Jaewook laissa échapper un profond soupir, serra les poings et réfléchit aux paroles de sa mère. « Maman, ce n'est pas facile de pardonner à Eva. Mais maintenant, je vais essayer de tout comprendre."

Eva regarda Jaewook avec des larmes dans les yeux. « Jaewook, je suis vraiment désolé. J'étais confus à l'époque, et je sais maintenant que j'ai fait le mauvais choix, mais je croyais que c'était la bonne chose à faire à l'époque. »

En écoutant les paroles d'Eva, Jaewook sentit un feu de pardon et de vengeance monter au plus profond de lui.

Ragam parla chaleureusement à son fils et à sa fille. "Fils. J'espère que vous pourrez vous comprendre et vous pardonner. Ce n'est qu'alors qu'Eva et mes âmes trouveront la paix.

Jaewook était réticent, mais il accepta d'abord les paroles de sa mère.

Les gens dans la grotte écoutaient leur conversation en silence. J'ai pu réaliser que ce n'est pas seulement un lieu de rencontre, mais un lieu où le destin se croise, transcendant cette vie et l'au-delà.

Ragham reprit la parole. « Mon fils, je ne sais pas combien de temps s'est écoulé, mais je suis heureux d'être en vie !, et je ne sais toujours pas pourquoi nous sommes ici. Mais il y a certainement quelque chose que nous devons savoir."

Yonghuan regarda Eva avec un visage sérieux et hocha la tête. "Ce n'est probablement pas une coïncidence si nous sommes ici. Nous devons résoudre cette situation ensemble.

Adam avait toujours un regard espiègle sur son visage, mais cette fois d'une voix sérieuse. « C'est vrai, Jaewook. Vous verrez pourquoi nous sommes ici. Et nous devons nous réunir pour découvrir pourquoi.

Eve regarda Jaewook avec amour. "Nous devons nous entraider et traverser cela. S'il vous plaît, rejoignez-nous."

La vieille dame regarda Jaewook avec sagesse et hocha la tête. « Mon expérience ici vous apprendra beaucoup. Nous sommes avec toi, Jaewook.

Jaewook était tellement confus par cette situation à couper le souffle qu'il quitta la statue des yeux pendant un moment et regarda à nouveau le chemin qu'il avait suivi l'odeur.

2/7 Essais

DANS LA GROTTE SOMBRE, Râ, le dieu du soleil, disparut soudainement et réapparut. Cette fois, cependant, Râ était passée de la figure masculine digne du passé à l'image d'une femme d'une beauté intense. Elle rayonnait toujours brillamment, se révélant céleste.

Younghwan regarda Ra avec surprise. « Dieu n'était-il pas un homme ? Pourquoi ce changement soudain ? Était-ce une femme ?

Eva regarda Ra avec une expression confuse. « Ce n'est pas comme l'image de Jésus ou de Dieu que nous connaissons. Qu'est-ce que c'est que ça ?"

Ragam inclina la tête et ajouta. "Je suis vraiment confuse. Comment cela se produit-il."

Adam et Ève se regardèrent et murmurèrent : "Je pense que j'ai déjà vu ça...Je pense que nous nous sommes rencontrés avant de naître. N'est-ce pas ?

murmura Ève à Adam. "C'est vrai, c'est vaguement gravé dans nos mémoires...N'est-ce pas ?

Adam hocha la tête en réponse. "Ouais, je pense que oui. Je suis habitué à quelque chose."

À ce moment-là, le dieu solaire Râ se transforma une fois de plus, cette fois sous une forme encore plus étrange. Dit-il d'une voix pleine de mécontentement. « Qu'est-ce que c'est ? Qu'as-tu appris sur Terre ? demanda-t-il avec colère. "Je ne peux pas croire que le délit de fuite n'a pas fonctionné...Je pensais que ça serait beau, alors je suis venu d'une manière que vous pourriez comprendre, mais n'est-ce pas cool maintenant ?"

Six d'entre eux se tenaient nerveusement, regardant Ra. Ra renifla comme s'il lisait dans leurs pensées. « Tu n'as pas à répondre, mais je connais déjà ton cœur par ton odeur. »

Demandèrent la mère et la fille avec des expressions perplexes. « Qu'est-ce qui nous préoccupe ? » demanda Eva, ce à quoi Ra répondit par un rire pourri et une lumière éblouissante aussi forte que le soleil. Tous six, éblouis par la lumière, semblaient momentanément aveugles.

Younghwan a répondu, embarrassé. "Non, c'est toujours cool !. C'est juste...C'est inattendu."

Dit Eva prudemment. « J'ai été surpris que ce soit si différent de ce à quoi nous pensions que Dieu ressemblerait. C'était cool."

Ragam hocha la tête et ajouta. "Je pense que nous avions tort. Je ne pense pas que nous en ayons assez pour comprendre le vrai visage de Dieu.

Râ demanda s'il y avait des Égyptiens sur Terre, et s'approcha d'eux et les renifla lui-même. « Étrangement, l'Égypte semble connaître mes informations », murmura-t-il. « C'est dommage que nous les ayons choisis comme esprits de Ragam. »

Adam agita la main avec embarras. "S'il vous plaît, ne tirez plus sur cette lumière ! Je serai loyal !" s'inclina-t-il devant Râ avec un brusque changement de position. Tout le monde était stupéfait.

Ra changea de regard encore et encore, avec un sourire sur le visage. Ensuite, Adam a dit qu'il savait comment le faire, et il a fait des mouvements ridicules en rétrécissant et en grandissant. Ève rit à cette vue.

À ce moment, une vieille dame est apparue qui a été étranglée pour une explication. « J'ai étudié la civilisation égyptienne de la Terre sur Vénus », a-t-elle commencé à expliquer avec enthousiasme. « Le symbolisme de la civilisation égyptienne est très complexe, et le dieu mythique du soleil Râ... »

Ra écouta la longue explication de sa grand-mère avec satisfaction. "D'accord, je vais te donner une pilule de lumière solaire en récompense. Cela vous aidera si vous le mangez plus tard."

Dit Eva avec une expression mécontente. "Ce n'est pas la voie du milieu, c'est stupide ! Ce n'est pas juste !" Ra répondit en riant. "Ne t'attends pas à l'équité, Eva. Tout change, et c'est ce que vous devez apprendre de ce test. « Vous êtes si ignorants. Vous devez savoir que peu importe à quoi vous ressemblez, votre essence ne changera pas.

Ra se transforma une fois de plus, émettant une lumière plus intense. "Mais je vais vous montrer mon vrai moi. Maintenant, mettez de côté tous les préjugés et acceptez la vérité.

Les paroles du dieu soleil Râ résonnèrent comme la voix de la sagesse naturelle. Sa voix semblait être perspicace, et elle était puissante. « Les objets inanimés sont des êtres vivants. » La voix de Ra flottait dans l'air. « Dès que vous peignez, le mur peint prend vie. C'est le vrai visage du monde », a poursuivi Ra. « Quand Young-hwan fabrique une table, au moment où le bois devient Jae-wook et la peinture devient Ragam, une nouvelle vie, Adam, est née. C'est le souffle silencieux du monde.

Ra a continué ses paroles et a enseigné les changements dans le monde, tels que la Terre de Cristal ~ la Terre Bleue ~ la Terre Rouge des temps primitifs à nos jours. "Vous pensez que vous vous améliorez, mais ne pas faire de progrès est un vrai progrès. La destruction est la création.

Ces conversations étaient comme si elles interprétaient les secrets de l'univers.

« Quel est le changement et la croissance de l'existence ? » demanda-t-il en fermant doucement les yeux et en réfléchissant.

À ce moment-là, Ra se déplaça vers un endroit où le ciel était lumineux et flamboyant de soleil, et ici et là avait une teinte rose. Immédiatement, il s'est transformé en une glorieuse mer de flammes. Une fois de plus, six d'entre eux ont été placés sur la poêle à frire, engloutis dans les flammes du poêle. Leurs visages se tordaient de douleur, leurs corps se tordaient dans les flammes et hurlaient.

Ils étaient ivres dans un moment de bonheur, puis ils étaient remplis de cris horribles. Leurs yeux étaient remplis de désespoir et leurs âmes palpitaient sans fin de douleur brûlante.

Jaewook, qui regardait tout cela depuis la Terre, dit avec perplexité. « Je suis tellement content de ne pas être là. »

Ra, le dieu du soleil, qui avait observé tout cela, était silencieux. Et a dit. "Après tout, il n'y a rien de tel que ce que vous pensez. Si je crée l'environnement, c'est tout", sa voix résonna à travers les planètes, et ses mots résonnèrent jusqu'aux extrémités du système solaire.

Eve demanda si elle ne savait pas exactement quelle était la volonté de Dieu, mais quelle était la volonté de l'âme de Ragam ? À cela, le dieu du soleil Râ rit très affectueusement.

« Tu demandes la volonté de l'âme de Ragam ? » La voix de Ra était douce et chaude. "Peut-être que c'est Ra :Gam ? Ra : Une volée de baleines suivant le dieu soleil.

Le dieu du soleil les regarda avec stupéfaction et rit gracieusement, agitant lentement ses bras comme une baleine nageant. Il ressemblait à un groupe de baleines nageant paresseusement sur la mer. « La signification de l'âme de Ragam est Ra :gam, le dieu du soleil, une volée de baleines qui me suivent. En d'autres termes, si vous me suivez, nous pourrons profiter de la vie ensemble, et nous nous comprendrons et nous nous aimerons.

Les quatre femmes, Eve, Eva, Ragham et Grand-mère, avaient de petits sourires sur leurs visages, sans enthousiasme surprises par la suggestion ridicule que le Ra :Gam du dieu soleil pourrait être un groupe de baleines. Cependant, les trois hommes souriaient amèrement.

Demanda Eva en levant la main. "La mère nommée Ragam est-elle fatalement liée à Ra :Gam ? Cela a-t-il vraiment un sens ?

Ra répondit avec un sourire. "C'est juste un nom que vous vous êtes fait. C'est juste une coïncidence."

Ragam hocha la tête en entendant cela. « Pourtant, je suis reconnaissant et fier de mes parents de m'avoir donné ce nom. »

Ra secoua la tête quand il entendit cela. "Vous n'avez pas à être reconnaissant pour cela. Pour vous donner un indice, vous étiez les parents de vos parents dans une vie antérieure. Alors s'il vous plaît, ne restez pas coincé dans votre état d'esprit."

Ragam et Eva furent choqués par les paroles de Ra. Une nouvelle vérité sur leur existence et leur relation s'est déroulée devant eux, ébranlant complètement leur vision du monde.

Ra a poursuivi. « Vous êtes interconnectés, mais la connexion est beaucoup plus complexe et profonde que vous ne le pensez. Il est temps de sortir de cette boîte et de regarder le monde sous un nouvel angle."

Le fait que Ragham ait été les parents de ses parents dans une vie antérieure l'a secouée. Eva regarda sa mère et dit : « Maman, quel genre de relation avions-nous ? »

Dit Ragam en tenant la main de sa fille. "Eva, il semble que notre relation soit plus profonde et plus complexe que nous ne le pensons. Mais cela signifie aussi que cela peut nous donner de nouvelles opportunités.

Jaewook, qui avait inspecté la zone autour de l'entrepôt, demanda prudemment à Ra.

« Ra, quelle est la corrélation entre l'ancienne pierre égyptienne de ce monde et le dieu soleil ? »

Ra répondit à sa question avec un sourire. « Jaewook, tu poses une question pointue. Il y a une ancienne pierre similaire ici. Les pierres anciennes ici sont étroitement liées aux anciennes pierres d'Égypte dans ce monde. Ils sont connectés à différents niveaux et sont la clé pour percer les mystères de cette vie et de l'au-delà."

Jaewook hocha la tête vers la statue et continua à demander. « Que pouvons-nous donc apprendre de cette pierre ancienne ? »

Ra resta silencieux pendant un moment avant de répondre. « Cette pierre ancienne contient un niveau de sagesse et de puissance que vous ne pouvez pas comprendre. Ils sont connectés à la source de l'univers, et chaque fois que vous percez ses mystères, vous acquerrez de nouvelles connaissances et capacités.

Sur ce, Ra les regarda à nouveau avec un sourire mystérieux. Le sourire était infiniment bienveillant et semblait contenir quelque secret profond. Les six d'entre eux avaient une forte prémonition que quelque chose de spécial était sur le point de se produire à son sourire.

« Encore une fois, vous devez passer le test », « Je testerai vos capacités, mais je ne vous dirai rien sur le lieu du test et les règles. Je veux juste que vous suiviez votre instinct, votre sagesse et l'odeur de Dieu.

Le dieu sourit, mais la pièce s'alourdit.

"Mon odeur sera toujours avec toi. et vous deviendrez plus forts et plus grands par cette tentation.

« Maintenant, je vais vous dire les règles de l'examen », sa voix résonna dans la grotte.

Tout le monde était déconcerté. « Ce dieu est si étrange. Je n'arrêtais pas de faire des allers-retours...As-tu oublié ce que tu as dit ?", marmonna Ragam, et Eva hocha la tête, agacée par le dieu soleil. Ils exprimèrent une lueur d'agacement face au comportement de l'étrange dieu, un soupçon d'incrédulité.

Ra fit semblant de ne pas entendre et continua. « Sept âmes entrent dans la chambre de test par un portail. Les tests sont tous effectués en même temps. La coopération et l'harmonie sont importantes.

Les six se regardèrent nerveusement. Mais à ce moment-là, Ra leva soudainement la main et changea de mots. "Attendez, j'ai changé d'avis. Il serait plus intéressant d'y aller un par un."

Demanda Eva, le visage surpris. « Que voulez-vous dire ? Ne sommes-nous pas tous entrés ensemble ?

Ra secoua la tête et sourit en réponse. "À partir de maintenant, je vais y aller un par un. Que chacun passe un test individuel. La première est...

Ragam l'interrompit d'une voix agacée. "C'est ça et ça. Quel est le plan ?

Ra fit semblant de ne pas entendre et continua. « Le premier est Young-hwan. Ensuite, allez dans l'ordre d'Eva, Ragam, Adam, Grand-mère et Jae-wook.

Younghwan essaya de bouger et s'arrêta pour savoir où aller, alors Ra parla à nouveau. "Attends, non...Je n'aime pas non plus l'ordre. Maintenant que j'y pense, je ferais mieux d'y aller d'Eve.

Jaewook demanda d'une voix mécontente, « Qu'est-ce que tu es, pourquoi es-tu si capricieux ? » Il regarda la statue.

Dit Ra avec un sourire malicieux. "Les examens sont amusants quand ils sont inconstants. Maintenant, Eve, commence par toi.

« Vous devez vous tourner vers la vieille pierre qui sent mauvais. Ces pierres anciennes sont reliées les unes aux autres par la télépathie de l'âme. Lorsque les sept âmes seront unies, le portail s'ouvrira.

Les participants ont écouté attentivement les paroles de Râ et sont partis à la recherche de l'ancienne pierre.

Yonghuan marcha vers l'ancienne pierre calmement et sérieusement, comme un pionnier de Mars. Il réfléchissait à ses devoirs et à ses responsabilités et était déterminé à chaque pas qu'il faisait. Eva marcha à côté de Ragham et lui prit la main en silence. Elle se souvint de la sécurité et de l'amour qu'elle ressentait lorsqu'elle était avec Lagham, essayant de se débarrasser de ses craintes concernant le voyage à venir.

Ragam se dirigea vers l'ancienne pierre, essayant de contenir sa frustration face aux instructions erratiques de Ra. Mais elle était déterminée à remplir son rôle de mère et de membre de son âme.

Adam s'éloigna, toujours en faisant une blague légère. Il continua à marcher, croyant qu'avec Eve, il serait capable de surmonter n'importe quelle difficulté.

Ève regarda Adam et sourit. Elle rit de la blague d'Adam, mais avança avec la chaleur et l'amour qu'elle ressentait quand elle était avec lui.

La grand-mère marcha vers l'ancienne pierre avec la sagesse de sa Vénus natale. Elle marchait tranquillement, pensant à la façon dont elle pourrait utiliser les connaissances qu'elle avait accumulées pour réussir ce test. Alors que tout le monde se dirigeait vers l'ancienne pierre dans le coin de la grotte parfumée, Ra dit à Jaewook.

"Vous serez mis à l'épreuve sur Terre. Nous devons trouver les racines anciennes de la terre et entrer dans une impasse.

Dans la caverne sombre, six âmes se tenaient devant une pierre ancienne. Ils ressentaient une énergie intense l'un envers l'autre, et même Jae-wook, qui n'avait jamais atteint les racines de l'ancienne pierre dans cette vie, était connecté par télépathie. À ce moment, l'ancienne pierre commença lentement à briller.

Tout d'abord, l'ancienne pierre où se tenait la grand-mère émettait une faible lumière dorée. Sa sagesse et sa conscience se sont transformées en lumière, illuminant son environnement, et la lumière s'est lentement propagée aux anciennes pierres environnantes. L'ancienne pierre sur laquelle se tenait Ève était teintée d'un rose doux et chaud. Symbolisant son affection et son appartenance, elle se mêlait à l'or de sa grand-mère, et la pierre ancienne d'Adam brillait d'une lumière rouge intense. Cette lumière, qui contenait des besoins physiologiques et des passions, était en harmonie avec la lumière de grand-mère et d'Ève, et dégageait une forte énergie.

L'ancienne pierre de Ragam brillait d'une lumière blanche pure. Cette lumière, qui incarne le sacrifice et l'amour maternel, s'est mélangée à d'autres lumières et a rayonné une énergie pure et noble. L'ancienne pierre d'Eva brillait d'un bleu clair, clair. Cette lumière, qui reflète son sérieux et son désir esthétique, se fond dans les autres lumières en recouvrant la grotte de vagues bleues. L'ancienne pierre de Linghuan brillait d'un vert foncé profond. Cette lumière, qui symbolisait son désir de réalisation de soi, combinée à d'autres lumières, lui faisait ressentir une forte vitalité. Puis, alors que la teinte brune des racines de l'ancienne pierre de la Terre traversait l'au-delà et que les sept lumières se réunissaient, l'ancienne pierre devenait de plus en plus brillante, émettant une lueur intense. Alors que les lumières se croisaient et se mélangeaient, une lumière brillante comme le soleil jaillit du centre de la Pierre Ancienne, et les portes du portail commencèrent à s'ouvrir au centre des Six Pierres Anciennes, tourbillonnant autour d'elles avec les lumières de leurs pierres anciennes respectives. Le maelström de lumière devint plus fort, jusqu'à ce qu'un portail dans sa forme complète apparaisse devant eux. Le portail brillait d'un spectre éblouissant de sept couleurs, aussi beau qu'un arc-en-ciel.

Cette solidarité de lumière les a tous unis, ouvrant la voie à un monde nouveau. À l'intérieur du portail, un nouveau monde se révéla lentement.

Lorsque le portail s'ouvrit, Jaewook demanda à Ra. « Je ne me suis même pas encore approché de l'ancienne racine de pierre, comment l'âme s'est-elle connectée ?! » dit-il, sa voix mêlée de perplexité et de colère. Il essuya la sueur de son front et reprit la parole. « Savez-vous à quel point il est difficile de trouver des racines ? C'est absolument ridicule. Qu'est-ce qui s'est passé ? » La voix de Jaewook devint de plus en plus agitée.

Ra observa sa réaction. Ses yeux brillaient toujours mystérieusement. Puis, lentement, il hocha la tête et parla. « Calme-toi », sa voix était calme et déterminée.

« Parce que tu es si lent », continua Ra, souriant un instant. "Alors j'ai d'abord fusionné ton âme avec la leur. Vous ne l'avez pas encore atteint, mais votre âme est déjà prête à se connecter avec eux.

Jaewook resta sans voix pendant un moment lorsqu'il entendit les mots de Ra. Il était confus parce qu'il ne comprenait pas le raisonnement, mais l'explication de Ra l'aida à le comprendre dans une certaine mesure.

« Alors, je suis trop lent à le mettre en place ? » demanda Jaewook, la voix un peu résignée.

Ra répondit. « Si vous ne pouvez pas trouver les racines des anciennes pierres de la Terre, ne vous inquiétez pas, je vous enverrai un guide. »

Il a donné des instructions à sept personnes.

« Tu dois passer sept tests », dit le dieu d'une voix solennelle. « Chaque épreuve mettra à l'épreuve vos âmes et vos esprits. Grâce à cette épreuve, vous comprendrez Mon existence et les principes du monde.

« Chaque méthode ne peut être réalisée que par le biais d'un seul portail. Les cinq autres resteront spectateurs et regarderont les tests de vos camarades soldats."

Jaewook regarda la statue dans les yeux et se plaignit rapidement. « Quelle épreuve ! La Terre est au bord de l'extinction par les robots à intelligence artificielle, alors à quoi bon ?" Ra répondit froidement. « Alors je vais d'abord me débarrasser de toi. »

Jaewook serra les dents. "Je vois...Je vais passer le test."

Dit Ra en annonçant le début du test. « Dis-moi ce que tu penses être le plus important pour toi. »

Younghwan a parlé en premier. « Pour moi, la réalisation de soi est la chose la plus importante. »

dit Adam. « Je suis tout au sujet des besoins physiologiques, en particulier de ma libido. »

Dit Eve avec un sourire chaleureux. « J'ai un sentiment d'affection et d'appartenance. »

La vieille dame dit sagement. « Il s'agit d'apprendre et de savoir. »

Dit Eva sérieusement. « Pour moi, tout est question de désir esthétique, la voie médiane de la recherche de la beauté », a déclaré Ragam avec un joli regard sur son visage. « Ma sécurité, en particulier celle de ma famille, est importante pour moi », dit Jaewook énergiquement en regardant la statue. « Pour moi, l'estime de soi est importante. »

Ra hocha la tête. "C'est bien. Maintenant, je vais commencer votre test pour de bon.

Tout d'abord, Eve marcha lentement vers le portail de l'âme qui s'ouvrait au centre de l'ancienne pierre. Les cinq autres ont décidé de rester en tant que spectateurs et d'assister à son test. Jae Wook répéta, la voix irritée. « Je vous ai dit que si une âme entre par ce portail, je ne pourrai pas la voir ! »

Ra donna l'ordre, ignorant Jae-wook. "Entrez, vite. Pour passer le test."

Eve traversa le portail à pas lourds. Et quand le portail se ferma, Ra parla aux autres. "Les choses que vous considérez comme les plus importantes sont au cœur de ce test. "Chaque choix vous mettra à l'épreuve. Suivez l'odeur de Dieu, et à la fin vous trouverez la véritable illumination.

À l'intérieur du portail, Eve a passé son propre test, et les spectateurs ont regardé anxieusement jusqu'à ce qu'il soit terminé.

2-1 Flux inconscient

DÈS QU'EVE ENTRA DANS le Portail de l'Âme, elle se retrouva dans un nouvel espace. On aurait dit que c'était au milieu de sa ville natale de Vénus. Le ciel doré de Vénus et la terre enveloppée de nuages créaient un paysage mystérieux et fantastique. La première étape de ce test inconscient a commencé. Elle ne parle pas de la logique ou de l'émotion humaine, mais du flux fondamental de l'existence. J'ai dû réaliser.

Ève regarda autour d'elle et vit qu'Adam apparaissait. Il s'approcha avec un sourire malicieux. « Eve, sais-tu ce que nous sommes censés faire ici ? »

Eve secoua la tête en réponse. « Non, mais peut-être devrons-nous trouver des réponses dans le subconscient de l'autre. »

Ève marcha avec Adam et le prit par la main. À ce moment-là, le paysage autour de lui a commencé à changer. Soudain, ils se sont retrouvés au milieu d'un stade de football. La zone environnante était remplie du rugissement et des acclamations de la foule. Le gazon du stade était parfaitement entretenu et un écran géant flottait dans le ciel. Ève regarda Adam avec perplexité. « Qu'est-ce que c'est ? »

Dit Adam avec un sourire. "C'est un test de notre inconscient. C'est comme un match de FIFA ?"

Ils se regardèrent depuis le milieu du terrain de football. Eve sentit l'affection et l'amour pour Adam jaillir au plus profond d'elle. Mais en même temps, il y avait des sentiments mitigés. Elle devait affirmer son amour pour Adam et y explorer la mémoire de Dieu.

Lorsque le jeu a commencé, Adam s'est enfui de sa vision. D'un côté du terrain se tenait l'équipe brésilienne et de l'autre côté du stade, l'équipe allemande applaudissait. Les deux équipes étaient vêtues d'uniformes dorés éblouissants. Ra leur ordonna alors de choisir entre les deux équipes.

Yves avait la flamboyance brésilienne et les compétences organisationnelles allemandes qui se croisaient dans son esprit. L'attaque libre d'esprit et les mouvements d'habileté flamboyants de l'équipe brésilienne l'ont toujours fascinée. D'autre part, la solide défense et l'organisation solide de l'équipe allemande, suivies d'une stratégie rigoureuse, ont également attiré l'attention.

« Eve, il est temps de prendre une décision », la voix de Ra résonna dans son esprit. « Je vais choisir le Brésil, »

À ce moment-là, une forte acclamation a éclaté d'un côté du stade. Adam applaudit, les bras levés. « Bien choisi, Eve ! Brésil! Nous pouvons gagner !" les joueuses de l'équipe brésilienne ont été inspirées par le choix d'Eve et ont couru sur le terrain en dansant de joie. Leurs yeux brillaient de l'assurance de la victoire. Leur adversaire était la Chine, une équipe relativement faible.

Avant le début du match, les joueurs des deux équipes se tenaient côte à côte sur le terrain alors que leurs hymnes nationaux retentissaient. Alors que l'hymne national brésilien commençait à jouer, Yves a commencé à faire du playback en retenant son rire.

« Ouviram do Ipiranga às margens plácidas », dit Eve, remuant la bouche comme si elle chantait dans une vraie arène. Un par un, ses coéquipiers se sont joints à la synchronisation labiale, secouant les épaules comme s'ils profitaient d'un concert.

« De um povo heróico o brado retumbante », a synchronisé Eve avec son ouverture de bouche, et a fait semblant d'être plus sérieuse alors que la caméra s'approchait d'un gros plan du visage d'Eve.

« Ce n'est que le début », retentit à nouveau la voix de Ra. « Par le flux de l'inconscient, vous découvrirez votre vrai moi. »

Lorsque le match a commencé, Yves était impressionné par l'incroyable performance de l'équipe brésilienne. Neymar, Ronaldo et Rivaldo, en particulier, ont joué de manière phénoménale. Leurs passes et leurs dribbles étaient à un niveau différent de ce qu'ils faisaient consciemment. Neymar a continué son dribble en dépassant facilement le défenseur adverse. Il se déplaçait comme s'il ne faisait qu'un avec le ballon. La passe de son orteil était précise et précise. Eve cria qu'il était entré dans le royaume de l'inconscient, sautant sur ses pieds. Comme si les femmes étaient submergées de joie de se voir après un long moment, Eve ne pouvait pas contenir sa joie.

Ronaldo s'est réveillé librement sur le terrain et a percé la défense de l'équipe adverse. Son habileté et ses mouvements avec le ballon étaient aussi gracieux et puissants que ceux d'un danseur. Eve s'émerveilla de son jeu.

Rivaldo a orchestré le jeu au milieu du terrain et s'est connecté avec ses coéquipiers avec des passes incisives. Il avait une vision large et chaque passe était décisive. Eve avait l'impression de regarder tout le match. Ils semblaient être dans un état d'inconscience. Le dribble de Neymar était aussi fluide et fluide qu'une œuvre d'art. Les mouvements de Ronaldo étaient imprévisibles et parfaitement synchronisés, tandis que les passes de Rivaldo étaient tournées vers l'avant.

Eve pensa en elle-même, admirant les différents niveaux de jeu qu'ils jouaient. "Ils jouent dans le domaine de l'inconscient. Leurs mouvements sont proches du royaume des dieux. » En tant que membre de l'équipe, Eve était plus concentrée sur l'atteinte de ce niveau elle-même. Et je m'en suis rendu compte en les regardant jouer.

« Les gens se concentrent souvent uniquement sur la causalité et la probabilité, c'est-à-dire la continuité du temps », et « Le domaine de l'inconscient est tout aussi important ».

Chaque trajectoire du ballon sur le terrain, le jeu de jambes des joueurs et les nombreux choix et réactions entre les deux n'étaient pas simplement des mouvements calculés. Eve s'est rendu compte que l'intuition, l'instinct et la détermination inconsciente qu'ils affichaient dans leurs jeux étaient les véritables facteurs de différence. Elle a également reconnu que leur inconscient est une autre dimension du pouvoir qui transcende la causalité et la continuité du temps.

"Ces joueurs vivent dans le moment présent et y trouvent des possibilités infinies. Leur inconscient n'est pas une réaction, c'est un royaume de véritable création.

« J'ai besoin de trouver le vrai sens à ce flux avec eux », se dit-elle en s'immergeant dans le jeu. À ce moment-là, tous ses sens devinrent plus aiguisés, et son esprit et son corps ne firent plus qu'un. Puis, soudain, Eve a réalisé que c'est ainsi qu'elle aime Adam.

"Mon amour pour Adam est comme un match de football. Je ne peux pas l'aimer consciemment", dit-elle en fermant les yeux et en pensant à son visage au fond de son esprit. « L'amour est un mot transcendant qui est instinctivement et intuitivement naturel. » murmura Ève. « Mon amour pour lui ne vient pas de ma volonté ou de ma détermination. C'est juste que son existence même s'est infiltrée en moi et s'est naturellement transformée en amour.

Sur le terrain, les joueurs ont continué à faire des jeux incroyables.

« Tel est l'amour pour Adam. Je n'ai pas besoin de l'aimer consciemment, mais sa présence est devenue un amour naturel dans mon subconscient", se dit-elle en souriant doucement. « Maintenant, je peux l'aimer plus profondément dans le flux de mon subconscient. »

Ra sourit et changea d'équipe. "C'est trop facile pour une équipe forte. Changeons-la en une équipe relativement faible, la Corée du Sud", a déclaré Eve, et dès qu'elle a fini de parler, Eve a soulevé le maillot de l'équipe brésilienne dans le ciel et a enfilé l'uniforme de l'équipe sud-coréenne. Elle faisait partie de la même équipe que Son

Heung-min, et l'équipe adverse comptait certains des meilleurs joueurs de l'histoire du football, dont Messi, Zidane, Ronaldo et Mbappé.

Dès le début du match, j'ai été submergé par les passes et les dribbles éblouissants de l'équipe adverse. Leur performance dans leur subconscient était incroyable. Le dribble de Messi était aussi naturel que la danse, et la passe de Zidane était magique. Les tirs de Ronaldo étaient puissants et précis, et la vitesse de Mbappé semblait fulgurante. L'équipe sud-coréenne n'a pas été en mesure d'arrêter son attaque, et le score était déjà de 3-0.

Eve reprit son souffle sur le terrain. Mais elle n'a pas abandonné, et ils ont établi un contact visuel avec Son et se sont encouragés mutuellement.

À ce moment-là, les cinq coéquipiers qui regardaient depuis les tribunes ont commencé à encourager Eve et Son Heung-min. Leurs cris de « Combat ! » résonnèrent dans le stade, et les acclamations devinrent de plus en plus vives. Young-hwan tenait du poulet et de la bière, et sa grand-mère faisait griller de la poitrine de porc. Eva et Ragam trinquent des verres de soju et crient : « On peut s'en sortir ! » m'écriai-je. Avec une fête du poulet et de la bière, une fête du soju et de la poitrine de porc, l'atmosphère est devenue encore plus chaude. « Eve, tu peux le faire ! » s'exclama de nouveau Adam en prenant une bouchée du poulet. « Avec Son Heung-min, tout est possible ! » dit-elle en retournant la poitrine de porc, « Messi et Zidane sont aussi humains ! N'ayez pas peur ! Eva prit une gorgée de soju et dit : « Oui, nous vous faisons confiance ! Tu peux le faire !" Il a encouragé Eve.

Mais le match a pris une tournure très différente. L'équipe sud-coréenne a continué à placer des centres sur le côté. « Passe ! Passe !" cria-t-elle avec impatience à ses coéquipiers. Mais son cri résonnait creux. Les joueurs ont continué à conduire le ballon sur les flancs et à placer infailliblement des centres.

"Traverser encore ? S'il vous plaît ! s'écria Eve, frustrée. Il a essayé de se déplacer au milieu, mais le ballon n'allait toujours que sur le côté.

Au fur et à mesure que le match avançait, la frustration d'Eve a atteint son paroxysme. « C'est la fin du match ! », a-t-elle déclaré, ne laissant pas tomber et continuant d'encourager son équipe, mais le style de jeu de l'équipe sud-coréenne n'a pas changé. Après une série de centres infaillibles et de mauvaises têtes, la première mi-temps s'est terminée sur un énorme score de 4:0. Elle sourit amèrement. « Ra a encore fait une farce »

Dans les vestiaires, l'entraîneur-chef de l'équipe sud-coréenne s'est tenu devant les joueurs et a crié vigoureusement. « Faisons de notre mieux, faisons bien, nous pouvons le faire ! » les joueurs ont hoché la tête en s'encourageant mutuellement. « Oui, nous pouvons le faire ! » « N'abandonnons pas ! », l'équipe sud-coréenne s'est ralliée à la conscience de soi et est retournée sur le terrain.

Le jeu a repris et les joueurs sud-coréens, dont Eve et Son Heung-min, ont joué de manière incroyable comme jamais auparavant. Ils ont repoussé les attaques de l'équipe adverse et ont finalement marqué des buts un par un pour réduire le score. Adam saisit l'occasion et éleva la voix en imitant le commentaire du journal coréen.

« Maintenant, Son Heung-min ! Ramassez le ballon sur l'aile droite et commencez à dribbler ! Oh, c'est rapide ! Son Heung-min bat un défenseur et perce pour la deuxième fois ! Oh, quel mouvement agile !

Son Heung-min a dépassé les défenseurs de l'équipe adverse un par un et s'est approché du but. La voix d'Adam devint plus intense.

« Maintenant ! Son Heung-min ! Entrez dans la surface de réparation ! Tirer! Ah, le but ! But! Son Heung-min ! La fierté de la Corée du Sud, Son Heung-min ! Quel but !

Adam a mis son corps en avant dans une performance caractéristique de Hiddink. Il a uppercut d'une main, incapable de contenir son excitation.

"Oh, c'est incroyable ! Son Heung-min, vous avez complètement brisé la défense de l'adversaire ! C'est de classe mondiale ! Le gardien de but n'y est même pas pour quelque chose ! C'est la finition parfaite. Les gars, c'est un match dont je me souviendrai pour toujours !"

Juste avant la fin du match, un centre de l'axe a touché le pied de Son Heung-min, et une brillante volée a conduit au but décisif. Au final, l'équipe sud-coréenne a remporté une victoire de retour de l'arrière avec un score de 4:3. Dans les gradins, la foule a enlevé ses vestes et s'est déchaînée, et les joueurs se sont serrés dans les bras et ont partagé leur joie. Eve réalisa quelque chose à ce moment-là.

Après l'avoir aimé, l'enfant est né, et la relation entre mari et femme semblait superficielle et loyale. Cependant, quand elle l'a forcé à lui tenir la main, à l'embrasser sur la joue et à le serrer dans ses bras tous les jours, ils ont pu recommencer à aimer.

murmura Eve doucement. "L'amour commence inconsciemment, mais il faut aussi un effort conscient pour maintenir une relation. Les émotions inconscientes sont importantes, mais le domaine de la conscience de soi est également important.

Elle leva les yeux vers le ciel et continua ses pensées. "Le temps ne passe pas. C'est juste que nous pensons à tort que le temps passe dans notre conscience. C'est aussi conceptualiser l'inconscient", sourit Eve avec une profonde illumination. C'est à ce moment-là que j'ai compris que tout est lié, que l'inconscient et le conscient doivent travailler ensemble en harmonie.

« Par conséquent, il n'est pas mauvais après tout que l'inconscient soit combiné avec la conscience de soi. Tout a un sens", murmura-t-elle. J'ai lu le flux en jouant à un match de football appelé FIFA, et je me suis même immergé dans le royaume de l'inconscient avec Brazil.

Grâce à cela, il a ressenti son amour pour Adam et l'odeur de Dieu lui est venue.

J'ai inhalé profondément l'odeur. « L'odeur des souvenirs précieux et beaux de sa sueur et de son odeur corporelle quand vous lui faites l'amour », dit-elle, fermant les yeux pour se remémorer les souvenirs d'Adam, dépeignant de manière vivante son sourire chaleureux et son toucher affectueux. Des larmes se formèrent dans ses yeux, mais ce n'étaient pas des expressions de tristesse, mais de profonde réalisation et de gratitude. Et la mémoire de Dieu se déployant dans l'inconscient était au-delà de la logique et de l'émotion humaines.

Explorer la mémoire de Dieu dans l'inconscient était une forme de conscience de soi. À travers ce souvenir, Eve a senti comment elle et Adam étaient connectés. La combinaison de l'inconscient et du flux de conscience était la réalisation par Ève du flux fondamental de l'être, ainsi que son affection sincère pour Adam. Puis, la voix de Ra est entrée.

« Eve, retourne à l'Ancienne Pierre. »

Soudain, un portail lumineux s'ouvrit autour d'Eve. Elle ferma les yeux et entra lentement dans la lumière. En passant le portail, elle sentit son âme s'éclaircir. C'était comme si un lourd fardeau avait été enlevé et qu'un sentiment de paix m'était venu du plus profond de mon cœur.

Quand Eve ouvrit les yeux, elle se retrouva à nouveau près de l'ancienne pierre. Cinq autres l'attendaient. Leurs visages étaient remplis de soulagement et de joie. « Bien joué, Eve ! » crièrent-ils à l'unisson. Adam hocha la tête en réponse. « C'est vrai, Eve. Nous avons survécu à cette épreuve grâce à l'affection de l'autre. Mais avez-vous réussi ça ?

Eve hocha la tête et sourit. "Merci. Je ne sais pas si j'ai réussi, mais grâce à vous tous, j'ai pu le faire. "Inconsciente, consciente d'elle-même et consciente du vrai sens de l'amour, Eve est maintenant plus forte.

Ra les regarda et sourit de contentement. "Maintenant, préparez-vous pour le prochain test. Tout a un sens, et c'est à vous de trouver ce sens.

2-2 L'ordre dans le chaos

E va a participé au deuxième test. C'était une figure avec un fort désir esthétique et un désir d'harmonie, appelant toujours la terre dans la voie du milieu.

Ra a offert à Eva une partie de Diablo. "Dans ce test, vous devez trouver de l'ordre au milieu du chaos. Selon le personnage que vous choisissez, la difficulté du jeu variera considérablement."

Lorsqu'on a demandé à Eva de choisir un personnage, la bande-son distinctive de Diablo a attiré son attention. Le son profond et majestueux des battements de cœur dans l'abîme donnait l'impression que les portes de l'enfer s'étaient ouvertes. "Boum ! Kung! Boum !" et le son de fond créait une atmosphère sombre, et après de longues délibérations, j'ai choisi Sorcière parmi les sept personnages. Elle croyait que la magie pouvait mettre de l'ordre dans le chaos.

Dit Ra avec un ricanement. "Vous avez choisi la voie facile. Mais ce match ne sera pas si facile."

Après être entrée dans le jeu, Eva a tué les monstres un par un et a ramassé divers objets pour améliorer ses statistiques. Ses compétences sont devenues plus sophistiquées et elle s'est finalement retrouvée face à face avec Andariel, le boss de l'acte 1. Andariel émergea de l'obscurité et dégagea une présence menaçante. Ice Bolt et Nova, faisant clignoter de la magie dans ses mains, s'envolèrent vers Andariel. Le boss était l'incarnation du chaos, changeant constamment de forme et attaquant Eva avec du gaz toxique. Eva analysa les schémas du patron, essayant d'y trouver de petits indices d'ordre. Enfin, j'ai remarqué un modèle dans les mouvements du boss.

Après une bataille acharnée, Eva réussit à vaincre Andariel. Andariel est tombé, et toutes sortes d'objets magnifiques sont tombés sur le sol. La lueur dorée des objets se déroula devant elle, et le cœur d'Eva se gonfla de joie. Ragam, une spectatrice, regarda le Portail de l'Âme et, en tant que mère, applaudit sa fille qui réussissait bien le test. « Bien joué, ma fille ! C'est incroyable ! », a-t-il dit, levant les mains en signe de joie.

Eva prit un moment pour reprendre son souffle après avoir vaincu Andariel, essayant les objets qui étaient tombés à ses pieds pour les nettoyer. Ensuite, je suis passé à l'acte 2 et j'ai monté de niveau en jouant dans le désert. Elle a utilisé son mur de feu et sa magie novine pour vaincre ses ennemis avec facilité et monter rapidement de niveau. Finalement, elle a atteint le niveau 18.

Au niveau 18, il a pu utiliser de nouvelles compétences : Téléportation et Blizzard. Après avoir maîtrisé cette technique, je suis allé au-delà de l'acte 3 et je me suis dirigé vers le Sanctuaire du Chaos en 4. Cet endroit était très intimidant pour les démons et les ennemis puissants, et les mages qui utilisaient toutes sortes de magie.

Dans Chaos Sanctuary, il utilisait la téléportation pour se déplacer rapidement et esquiver les attaques ennemies. Elle se déplaçait d'un endroit à l'autre en un instant, rendant impossible pour ses ennemis de le rattraper. Ses mouvements étaient aussi rapides et imprévisibles qu'un fantôme.

Le temps a passé, et grâce à des batailles et des quêtes constantes, Eva a finalement atteint le niveau 30. Maintenant, elle pouvait manier une magie encore plus puissante. En maîtrisant des compétences puissantes telles que l'orbe de prison et l'hydre, il a pu vaincre les foules plus efficacement. Elle a utilisé l'orbe de prison pour geler ses ennemis, puis l'hydre pour mettre le feu à leurs corps. La glace et les boules de feu tourbillonnèrent dans une rafale de feu, et l'ennemi tomba impuissant.

Finalement, Eva ouvrit les quatre portes qui invoquaient Diablo et arriva dans les profondeurs du sanctuaire du Chaos. Elle était déjà au niveau 30 et pratiquait toutes sortes de magie. Avec l'ancien démon Diablo à l'horizon, Eva ne pouvait s'empêcher de se détendre. La glace et les blizzards tourbillonnaient autour d'elle, rendant l'air autour d'elle encore plus froid avec sa détermination. Diablo rugit. Le grand démon la regarda avec une peau rouge flamboyante, des cornes acérées et une lueur cramoisie dans les yeux du démon. Les ailes s'étendaient de son dos, projetant une ombre énorme sur lui, révélant une présence terrifiante.

Diablo a lancé sa première attaque. D'énormes griffes jaillirent dans les airs et Eva se téléporta rapidement pour esquiver l'attaque. Elle a immédiatement commencé à utiliser le champ statique pour épuiser Diablo. Un courant électrique bleu engloutit Diablo, réduisant visiblement sa santé. Diablo laissa échapper un rugissement de rage, crachant des flammes rouges. Eva lança rapidement un orbe gelé et enroula une boule de glace autour d'elle. Lorsque l'orbe toucha Diablo, ses flammes s'éteignirent dans la glace. Eva utilisa à nouveau la téléportation pour se placer derrière Diablo, lançant l'orbe gelé en succession rapide. Diablo perdait rapidement de sa force.

Diablo en difficulté décolla du sol et sauta dans les airs, provoquant un tremblement de terre. Le sol se fissura et des flammes éclatèrent, et Eva parvint à esquiver l'attaque en utilisant sa téléportation. Sans la moindre hésitation, elle utilisa à nouveau le champ statique pour attaquer Diablo.

Diablo tira un dernier coup d'énergie électrique. Eva l'avait prédit et lança l'Orbe gelé et Blizzard l'un après l'autre. La glace et les blizzards enveloppaient Diablo, bloquant ses mouvements. Le corps de Diablo ralentit et ses attaques s'affaiblissaient. À la fin, le dernier blizzard a complètement gelé le corps de Diablo, et sa forme massive s'est effondrée.

Eva respira lourdement, réalisant qu'elle avait enfin vaincu Diablo. Elle fouilla dans le cadavre de Diablo et trouva une tache brillante sur un côté. C'était Jordan Ring. Se délectant de la victoire, il a mis Jordan Ring à son doigt. Il était caché parmi les autres objets, mais elle ne pouvait pas échapper à ses yeux perçants. « Maintenant, mon pouvoir est encore plus fort, »

À ce moment-là, la voix de Ra résonna dans ses oreilles. « Eva, passons à l'étape suivante. » Ra agita la main et, en un clin d'œil, Eva se tenait devant le Vaal Boss de l'acte 5 de Nightmare. Le grand Vaal la regarda d'un air menaçant.

« C'est trop soudain ! Ce n'est pas normal, c'est un cauchemar ?" s'est exclamée Eva à RA. L'autoritarisme de Baal était accablant et la peur l'envahit. Finalement, Eva a instinctivement commencé à fuir. À ce moment-là, la vieille dame se tortilla. La voix de sa grand-mère résonna fortement dans les oreilles d'Eva au-delà du portail. « Eva, il est important pour moi d'aller à l'acte 3 normal et de continuer à attraper Méphisto et à obtenir le bon tem. », « Les boss de l'acte 3 sont bons pour donner des tems. Si vous battez Méphisto, vous avez plus de chances d'obtenir un bon objet, alors continuez à tuer Méphisto avec votre Primaire.

« Tu dois trouver un moyen d'être plus fort, et si tu collectionnes de bons objets, tu seras assez fort pour affronter Vaal », continua la vieille femme. Eva hocha la tête, et sa grand-mère acquiesça. "D'accord, grand-mère. Je vais continuer à attraper Méphisto", a-t-elle déclaré, revenant de l'acte 5 à l'acte 4 et revenant à l'acte 3. Cependant, Eva pensait que la situation dans laquelle elle descendait les marches en arrière créait un ordre. Quand je pensais que c'était comme l'ordre et les règles de la morale et de la loi, je pensais : « C'est complètement contraire à la voie médiane que je poursuis. » me suis-je dit.

« L'acte d'aller de force à mi-chemin pour empêcher la Terre de Cristal d'être tachée par la Terre Rouge était aussi un acte de création d'ordre. » Avec cette prise de conscience, son cerveau fut englouti dans un fort sentiment de chaos. L'idée de créer de l'ordre à partir du chaos m'a donné mal à la tête et mon cerveau a été écrasé par la pression. J'avais l'impression que tout était mélangé. À ce moment-là, son cerveau luttait entre le chaos et l'ordre.

« J'ai créé un faux ordre à partir du chaos », se dit Eva en reprenant son souffle.

Dès qu'Eva arriva au village de l'acte 3, elle regarda autour d'elle. Le village semblait paisible et ordonné, mais son esprit était toujours dans un tourbillon de chaos. Même dans la sérénité de l'endroit, elle était plongée dans un flot constant de pensées.

« Le chaos lui-même a un sens » et « Pour ramener l'ordre, il doit y avoir le chaos, et ce n'est qu'en détruisant l'ordre que nous pouvons construire un nouvel ordre à partir du chaos ».

« Alors, la moralité ou la loi de l'ordre peuvent-elles être considérées comme un bien pour empêcher le chaos ? » se demanda Eva. J'ai approfondi ce qu'est la voie médiane et son essence. « La voie du milieu peut être un arrangement inconscient au milieu du désordre. »

Elle s'arrêta sur la place tranquille du village, essayant de dissiper ses pensées confuses. « L'ordre est-il une invention humaine pour empêcher le chaos ? Ou le chaos est-il une condition nécessaire à l'ordre ?

Comme il s'en rendit compte en fuyant Vaal, tout avait un sens. Pas de chaos, pas d'ordre, pas de relation entre les deux.

« S'il n'y a pas de chaos, il n'y a pas de nouvel ordre. Et ce n'est qu'en détruisant cet ordre qu'un nouvel ordre peut être créé. « La Voie du Milieu est le système de l'inconscient dans l'abîme du désordre. »

Ra a changé la difficulté de l'acte 2 de Cauchemar à Hel afin de donner à Eva une illumination plus forte. Soudain, l'atmosphère autour de lui changea lourdement, et les sons qu'il entendit étaient plus grandioses et plus sombres. Elle ne pouvait même pas sortir du village à cause de la foule écrasante.

« Je me rends compte maintenant que si vous ne pouvez pas créer d'ordre du tout, vous ne pouvez pas aller à mi-chemin dans le chaos. » Sa capacité à créer de l'ordre inconsciemment était maintenant complètement impuissante.

« Il est possible de passer de la terre bleue à la terre cristalline avec un certain degré d'ordre, mais le chemin du milieu entre la terre rouge et la terre cristalline semble presque impossible », pensa profondément Eva en levant les yeux vers le ciel.

"La terre rouge chaotique n'est pas la même chose que la terre bleue, qui est dans un état quelque peu ordonné. Ce n'est que lorsque le chaos et l'ordre correspondent dans une certaine mesure que le concept de la voie médiane peut être établi. Ne peut-il pas y avoir une voie médiane dans le chaos complet ?

Eva réalisa dans la brutalité de la difficulté de Hel. La voie médiane dont elle rêvait tant n'était ni un ordre complet ni un chaos complet, mais un équilibre entre les deux. La terre rouge était simplement un royaume de chaos, mais la terre bleue était un endroit où l'ordre et le chaos se mélangeaient dans des proportions différentes, mais pas en équilibre.

« La Voie du Milieu ne peut être possible que s'il y a une certaine quantité de chaos et d'ordre ensemble. Aucun ordre ne peut exister dans le chaos absolu, et vice versa », pensa Eva. Elle commençait à saisir le vrai sens de l'épreuve de l'ordre au milieu du chaos.

Eva ne pouvait pas faire ceci ou cela sous la pression de la difficulté de Hel, et tout ce à quoi elle pouvait penser, c'était. « Une double relation...L'ordre est la terre bleue, le chaos est la terre rouge. Vous devez passer par les deux pour atteindre la terre de cristal. Nous ne pouvions pas rester dans le juste milieu."

À ce moment-là, elle sentit l'odeur épaisse des êtres humains dans le métro approcher. Tout comme les odeurs de différentes personnes sont mélangées pour créer une odeur complexe, l'ordre et le chaos doivent être combinés pour atteindre un nouveau niveau.

Cette prise de conscience a également été communiquée à Ra. Râ apparut à Eva et lui dit : « Retournez chez les Anciens ! » Eva poussa un soupir de soulagement en regardant le portail d'âme que Ra lui avait ouvert. "Oui, vous ne pouvez pas vous en tenir au juste milieu. Il est important de comprendre l'ordre et le chaos, et l'harmonie entre les deux.

Alors qu'Eva revenait de son Épreuve du Chaos près des Anciens, Ra lui donna de plus amples explications. « Il n'y a d'ordre que lorsqu'il y a du chaos, et cet ordre est appelé à changer avec le temps. N'oubliez pas que vous avez une double relation."

Eva réfléchit en écoutant. « Êtes-vous en train de dire que l'ordre et le chaos sont interdépendants... »

Ra hocha la tête et continua. "Oui, l'ordre est en fait vague et artificiel. Après tout, les limites ne sont que des concepts artificiels fixés par les humains. Eva hocha la tête. « Tout comme commander dans le chaos, je pouvais sentir que nos vies sont subjectives et inconstantes. »

Ajouta Ra avec un sourire. « L'ambiguïté de la loi et de la morale, la norme du bien et du mal, vient aussi du point de vue des êtres humains qui recherchent l'ordre. De plus, catégoriser les gens selon ce critère peut être très stressant et préjudiciable."

Dit Eva pensivement. "Nous nous comparons les uns aux autres et essayons de nous redéfinir. Mais en fin de compte, c'est juste un effort pour se retrouver dans le chaos."

Ra hocha la tête. "C'est vrai. Il nous permet d'aller au-delà de la signification philosophique des êtres humains et d'explorer leur identité et leur identité. Ce n'est que lorsque nous reconnaissons la valeur de l'autre que nous pouvons découvrir notre véritable valeur intrinsèque.

Le chaos n'était pas un désordre en soi, mais faisait partie d'un ordre plus vaste. Aux yeux de Dieu, le chaos était un équilibre entre la répétition de la création et de la destruction.

2-3 La création en destruction

JAE WOOK A PARTICIPÉ au troisième test. Il devait passer un test sur Terre, et cela avait beaucoup à voir avec le besoin de respect de soi. Jae-wook devait trouver son identité et son but dans la vie, et réaliser le sens de la destruction et de la création.

Jaewook perdit beaucoup de temps à essayer de trouver son chemin vers les racines anciennes. Arrivé dans une impasse, Jaewook soupira et regarda autour de lui. À ce moment-là, j'ai vu un aigle voler du ciel. L'aigle se rapprocha de plus en plus, et avec une lumière éblouissante, il se transforma en Horus. Horus illumina le chemin de ses yeux qui brillaient comme une folie et une transparence.

« Vous devez être perdu. Je vais t'aider", sa voix était forte et calme. Après les avoir guidés vers les racines, Horus leva la main pour ouvrir le portail lumineux. Le portail était rempli d'une lumière brillante, et au-delà, il y avait un terrain d'essai.

« Entrez dans le terrain d'essai par ce portail », dit Horus. « Merci », dit Jaewook en baissant la tête.

Horus sourit et dit à Jaewook. « Ne perdez pas courage, trouvez votre chemin. Horus se transforma à nouveau en aigle et s'envola dans les cieux, tandis que Jaewook se dirigeait vers les terrains d'essai par le portail qu'il lui avait ouvert.

La scène devant ses yeux était la Terre présente, qui n'était que trop familière. La Terre rouge dominée par l'IA était la même qu'avant d'entrer dans le portail. C'est là qu'il a commencé ses épreuves d'attaque soudaine avec son âme. Il a ensuite été affecté au sein de l'équipe rouge au 3e dépôt d'approvisionnement en Corée du Sud.

C'était la ville métropolitaine de Daejeon en Corée du Sud, avec une structure complexe dans laquelle la stratégie et la tactique étaient importantes. Actuellement, c'est un champ de bataille où l'intérieur et l'extérieur de l'entrepôt sont mélangés en raison de robots, et diverses situations de combat se sont produites en raison de l'intersection de plusieurs passages étroits et de grands espaces. Au centre de l'entrepôt, plusieurs grands conteneurs sont empilés et utilisés comme couverture et abri. C'est un endroit idéal pour les tireurs d'élite, où ils peuvent surveiller les mouvements ennemis et tirer. Le sol était recouvert de vieilles planches de bois, de sorte que vous pouviez entendre les pas de l'ennemi.

L'une des principales zones de combat est les entrées et les sorties aux deux extrémités de l'entrepôt de Dunsan-dong. C'est là que les deux équipes se rencontrent pour la première fois, et les premières escarmouches se produisent souvent. La porte est étroite et longue, ce qui est avantageux pour les soldats avec des fusils d'assaut ou des fusils de chasse. Lorsque vous sortez de l'entrepôt de Dunsan-dong, vous verrez un grand espace extérieur qui mène à la ville de Sejong. Des tambours, des boîtes en fer et des véhicules étaient dispersés dans la zone, ce qui permettait de se battre avec une variété de couvertures. La zone extérieure est ouverte de tous les côtés, ce qui en fait une zone populaire pour les tireurs d'élite et est idéale pour les soldats avec des fusils de sniper.

Le vieil entrepôt de Dunsan-dong était teint en rouge, et le bruit des explosions et des coups de feu frappa son cœur comme nulle part ailleurs sur terre. Les robots d'intelligence artificielle de l'équipe BLU sont apparus de tous les coins de l'entrepôt et l'ont attaqué. Le premier à prendre un fusil de sniper. Se déplaçant à grande vitesse, il a utilisé un ou deux sauts pour abattre les robots un par un avec des tirs précis. Cependant, à chaque moment critique, Ra a commencé à changer d'arme de manière ridicule. Alors qu'il affrontait ses ennemis avec un fusil qui lui donnait un avantage en combat rapproché, il avait soudainement une arme de sniper à la main. Paniqué, Jae Wook a réussi à se cacher et à essayer de fuir et de pajum, mais les choses ne se sont pas déroulées comme il le souhaitait.

Jae Wook élargit sa distance, visant l'ennemi à longue distance, prêt à tirer des tirs de précision. Cette fois, cependant, Ra a mis le couteau dans sa main. Jae Wook ne pouvait cacher sa perplexité face à la situation où il tenait une arme inutile contre un ennemi à distance. Il a dû changer de stratégie à nouveau, et à chaque fois il a été exposé à l'ennemi.

Adam, le spectateur, demande : « Pourquoi Râ est-il si dérangeant ? » J'ai marmonné. Eva, quant à elle, était une mère qui soutenait son fils. "Fils, ça va ! Tout ira bien ! N'abandonnez pas ! Vous devez croire en vous quoi qu'il arrive !

Il tenait son fusil de sniper dans sa main et surveillait de près les mouvements du robot. Il reprit son souffle et appuya rapidement sur la gâchette, enveloppant ses ennemis un par un à travers sa lunette. Puis, avec un cri de « Feu dans le trou ! », il jeta la grenade en un arc parabolique. À ce moment-là, un tireur d'élite IA repéra Jae-wook et esquiva. Des coups de feu ont retenti ailleurs, et Jae-wook a été renversé par un tir à la tête mortel.

Le cœur de Jaewook s'arrêta avec un grincement~, et un message apparut au-dessus de sa tête : « Tu as été tué. » Puis, quelques secondes plus tard, son cœur battit à nouveau et il revint à la vie au point de réapparition des Rouges. Adam secoua la tête et rit. « Tu vas être tué par un robot IA de toute façon, alors essaie de copier une scène d'un bon film ! » dit-il à Jaewook comme s'il était sur le point de le faire. Adam a façonné ses doigts en forme de pistolet, ses mains tremblantes comme Madame Chung dans le film « Tazza » et criant : "Vous pouvez tirer ! Je peux vraiment tirer ! » sa voix exagéra, et c'était comme si le cri désespéré de Mme Chung avait été ranimé. Le visage d'Adam se tordit d'une tension et d'une peur extrêmes, et le bout de ses doigts trembla légèrement.

Jaewook sourit amèrement en écoutant la voix d'Adam au-dessus du portail pendant un moment. Son humour était en quelque sorte encourageant. « Ouais, mourons avec style. » « Allons-y encore », murmura Jaewook, se retirant dans le combat.

Il ne pouvait pas compter le nombre de fois où il était mort et revenu à la vie. Les robots de BLU AI lisaient parfaitement ses mouvements, faisant pleuvoir une grêle de balles. « Mon Dieu, il est mort à nouveau », rit Jaewook en revenant à la vie. Cette fois, il a agi un peu plus prudemment. Il se glisse prudemment en territoire ennemi...À ce moment-là, la vieille dame parla à Jae-wook. Sa voix résonna dans le ciel du 3e dépôt de ravitaillement. "Le robot IA utilisera probablement un amplificateur de pas. Donc, Jaewook, tu dois faire un pas de fantôme, et tu dois faire attention à ne pas entendre tes pas si tu veux t'approcher ou te déplacer sans qu'une souris ou un oiseau le sache."

Jaewook suivit le conseil de sa grand-mère et marcha plus prudemment. J'ai essayé de faire le moins de bruit possible, en évitant la surveillance des robots. La voix de sa grand-mère continuait de résonner dans son esprit.

« De plus, les robots IA ont un point faible dans leur tête, donc même si Ra continue à changer d'arme, ils devraient viser des tirs à la tête, et ce sera le plus efficace. »

Il retint son souffle et, comme l'avait dit sa grand-mère, visait le point faible de l'ennemi : la tête. Sa prise sur le fusil tremblait, mais il plissa les yeux et fixa son objectif.

« Croyez ma grand-mère. Je peux le faire", se dit Jaewook en appuyant sur la gâchette. Un coup de feu a retenti et le robot a été touché à la tête et renversé.

« Tu as raison ! » cria-t-il pour lui-même, étouffant une fois de plus ses pas vers la cible suivante, faisant un pas fantôme vers la ligne ennemie. Il regardait partout et cherchait un ennemi caché. Un robot apparut devant lui. « Enfin ! »

Ra a ensuite changé son arme d'un fusil à un couteau. Il n'était plus gêné par les pitreries répétées de Ra. « Je dois y arriver cette fois-ci », se dit-il en se plaçant derrière son adversaire. Au moment décisif, il leva son épée et la balança deux fois. Le robot chancela de surprise face à l'attaque soudaine. Jae Wook plongea le couteau profondément dans le moteur de sa tête. À ce moment-là, quelque chose de cool et de frais jaillit. Puis, dans un geste joyeux, il s'assit sur les cadavres de ses ennemis, brandissant continuellement son épée, s'exclamant : « Maintenant, regardez, je peux le faire ! » Il haussa timidement les épaules et plaisanta : « Parfois, je suis bon aussi. » À ce moment, Jae Wook s'effondra à nouveau sous un barrage de balles des robots. « Il est mort à nouveau. »

Chaque fois qu'il mourait, il était ressuscité dans la création. Il devait continuer à mourir et à revivre, à mourir et à ressusciter à nouveau. Dans un tel cycle sans fin de mort et de renaissance, mon corps se fatiguait de plus en plus.

J'ai pris un moment pour reprendre mon souffle et réfléchir. « Quel est le sens de la création ? » murmura-t-il. « Est-ce une rotation où la Terre est détruite par quelqu'un et où l'humanité renaît ? Peut-être que c'est une itération que quelqu'un a définie par défaut."

"Nous nous détruisons toujours les uns les autres et construisons de nouvelles choses les uns sur les autres. Comme si la terre devait être détruite et renaître », pensa-t-il, réfléchissant à son rôle dans le test.

« Une vie qui ne peut être recréée que lorsque vous mourrez », Jae Wook se leva à nouveau. Les armes changeaient constamment. Des fusils de sniper aux fusils d'assaut, des couteaux aux bombes. Jaewook utilisa chaque arme, essayant de comprendre le sens de la destruction. Il s'est rendu compte que les armes qu'il maniait n'étaient pas seulement des outils de destruction, mais ouvraient également la possibilité de nouvelles créations.

« La destruction n'est pas seulement l'anéantissement. C'est le fondement d'une nouvelle vie", jura Jae Wook en battant ses ennemis. Dans le public, Adam a progressivement senti son changement. "Il ne se bat pas seulement. Je pense que je réalise quelque chose de plus grand."

Ragam hocha la tête en signe d'approbation. "Oui, mon fils apprend définitivement quelque chose. Au milieu de la destruction, nous réalisons le sens de la création.

La destruction n'est pas seulement l'annihilation, c'est une partie de la création. Tout comme de nombreuses civilisations dans l'histoire de l'humanité sont tombées et se sont relevées, sa mort et sa réincarnation ont fait partie de ce processus. La destruction et la création étaient un lien indéfectible, et elles avaient un sens en raison de l'existence l'une de l'autre.

"Je trouve mon vrai moi avec ce test. Au milieu de la destruction, nous découvrons de nouvelles possibilités !

C'est alors que Ra a fait passer Jae Wook de l'équipe rouge à l'équipe bleue. Lorsqu'il a rejoint l'équipe BLU, sa mission a changé. Il est passé de l'attaque à la défense. Maintenant, il devait repousser l'intrusion des robots du 3e dépôt de ravitaillement en Corée du Sud.

Jae Wook tenait un fusil de sniper de 3 mm à l'arrière du conteneur au point A, attendant l'ennemi en retenant son souffle. Au point B, le reste de l'équipe était prêt à frapper l'ennemi à son entrée. Leurs tactiques de défense stricte rendaient impossible l'entrée, même pour le plus grand nombre de robots.

Au fil du temps, l'équipe rouge sembla abandonner l'attaque. Ils n'osèrent jamais faire une charge imprudente, et le champ de bataille était calme. Les deux équipes étaient en reconnaissance, et personne n'était le premier à bouger. Finalement, le temps passa et le test prit fin. « Meurtre, massacre, guerre...Il se peut que ces actes de destruction, que nous appelons le mal, soient quelque chose qui va au-delà des valeurs centrées sur l'homme. » Il réalisait alors la double relation entre la guerre et la paix, la destruction et la création. Il comprenait que sans destruction, il n'y aurait pas d'ordre et de création nouveaux. Un schéma similaire s'est répété dans l'histoire et la société humaines : les êtres humains grandissent par destruction mutuelle, créent de nouvelles choses et retournent au cycle de la destruction.

La destruction n'est peut-être pas seulement mauvaise, mais un processus inévitable pour un nouveau départ. Cela l'a fait réfléchir à la nature de Dieu et au sens de la vie. La destruction et la création, la guerre et la paix, étaient deux visages qui n'en faisaient plus qu'un.

Au-delà de sa colère et de sa vengeance, il a vu la possibilité d'une nouvelle vie. « Qui suis-je ? Je suis celui qui cherche la création au milieu de la destruction", se dit Jaewook, en entrant dans le portail connecté à ce monde.

Le critère selon lequel la création est bonne et la destruction est mauvaise était la pensée centrée sur l'humain. J'ai appris que la création doit être accompagnée de destruction. C'est comme dire que vous avez besoin d'un échec pour réussir. La création et la destruction, le succès et l'échec étaient des conditions inséparables et nécessaires. C'était une relation qui s'est détachée de la pensée binaire, et c'était une relation qui ne pouvait pas être considérée comme meilleure en tant que relation duelle. "Il peut être logique que la Terre soit détruite par des robots d'intelligence artificielle. C'est un double message dans lequel la prochaine création a lieu. « L'estime de soi n'était qu'une condition créée par la rotation de ma destruction (échec) et de création (succès). »

Une forte odeur lui frappa le nez. C'était l'odeur savoureuse des haricots torréfiés avec les braises de la vengeance qui brûlaient. Toutes les expériences d'échecs et de douleurs passées qui ont fait de lui ce qu'il est aujourd'hui l'ont rendu plus fort.

Râ déplaça Jae-wook des anciennes racines de pierre dans cet entrepôt de la terre. Le paysage désolé de la terre teintée en rouge se déroula à nouveau devant mes yeux. Des robots IA erraient dans tous les sens, le frottement du métal et le bourdonnement des machines remplissant mes oreilles. Ce n'était plus un foyer humain. C'était un lieu plein de traces de guerre et de destruction, un symbole de recréation.

« Dans quel genre de création la terre renaîtra-t-elle ? » Je pensais.

À ce moment-là, l'odeur de Râ résonna dans son esprit. "Cela nous a donné la réponse sur la façon de résoudre la bataille contre l'intelligence artificielle sur une Terre teintée en rouge. Résolvez-le bien." Ra disparut avec une odeur significative.

Jae Wook reprit son souffle et regarda autour de lui. Dans une main, il tenait une statue de Râ et dans l'autre une arme. Pas une arme puissante, mais un simple pistolet. Mais il savait. La réponse, a déclaré Ra, ne résidait pas dans la puissance des armes.

« La destruction est un processus inévitable. C'est une étape inévitable vers la création", se dit Jaewook. Jaewook sortit prudemment de l'entrepôt. Le robot IA le sentit et commença à bouger. Mais cette fois, il a compris leurs failles et a essayé de les briser une par une.

Encore une fois, la bataille n'a pas été facile. De nombreux robots lui ont bloqué le chemin et il est tombé plusieurs fois. Mais il s'est remis sur pied. Chaque échec qu'il échouait était la recette du succès. Cependant, même si cette bataille a finalement été perdue, il n'y a pas eu de regret. C'est parce que la création par la destruction signifiait l'ouverture de nouvelles possibilités en brisant tout ce qui existait. "Je me bats juste contre les robots IA en tant que terrien. Même si je saigne et meurs, la terre sera le fondement d'une autre vie !!"

Finalement, Jaewook atteignit le centre des robots, saignant de la tête. Il se souvint de la réponse que Ra lui avait donnée et se prépara pour la confrontation finale.

2-4 Plénitude dans le vide

RAGHAM A PARTICIPÉ à son quatrième essai. Son test avait beaucoup à voir avec son besoin de sécurité, et à travers lui, elle devait apprendre à trouver la plénitude dans le vide. Sous la direction de Ra, elle a passé le test en tant que personnage dans un jeu League of Legends (LOL). Lorsque l'épreuve commença sérieusement, elle naquit sous le nom de Kassadin, le symbole du Vide. Et dans la Faille de l'invocateur, il se tenait sur la voie du milieu. Cette ligne nécessitait de la stratégie, de l'habileté et de la concentration.

Le cri strident de Kassadin retentit, et sa silhouette apparut au milieu de la Faille de l'invocateur. Elle examina son corps changé. Il était vêtu d'une armure noire qui coulait avec l'énergie du Néant, et il y avait une étincelle violette entre l'armure. Son visage avait des contours rugueux et nets, et son expression sans expression donnait l'impression d'être froide et effrayante. Ses yeux brillaient de violet, comme s'il regardait dans un abîme profond.

Dit-il avec un soupir. "Je ne rencontrerai jamais un gars comme ça. Tu es si moche !" "Ce cri strident et cette armure redoutable ont l'air trop radicaux et effrayants. Je ne peux pas dis-le que c'est vraiment attrayant", dit-elle en secouant à nouveau la tête. « Qui aime ressembler à ça ? » demanda-t-elle, mais l'énergie du Vide l'enveloppa et ses yeux étaient déterminés. Quoi qu'il en soit, elle était devenue laide, mais elle devait passer ce test avec un corps fort.

Le mid laner de l'ennemi a fait son apparition. Ahri se vantait d'une magie puissante et de mouvements rapides. Elle a décidé de tirer le meilleur parti de ses compétences et de ses capacités. Les premières étapes du match ont été prudentes. Elle a gagné de l'expérience en tuant des sbires et, au bon moment, elle a attaqué Ahri avec un orbe de Vide éclairé en bleu. En utilisant les attaques et les compétences de base de Kassadin, il garda une distance raisonnable avec Ahri et évita le charme et les orbes. Elle pensait qu'il était important de garder les choses sous contrôle et de se concentrer.

Au milieu du jeu, Faker a rejoint son équipe. Faker a aidé Ragam dans la jungle et a dirigé l'équipe avec ses compétences dominantes. En regardant la ricine de Faker jouer, Ragam a appris à trouver la plénitude dans le vide. Il était le point central de l'équipe, rassemblant tout le monde. Grâce à lui, elle a réalisé que la présence d'un héros pouvait combler le vide.

« Comme Faker, je peux trouver l'épanouissement dans le vide », jura Ragam et continua le jeu. Ra est passé d'Ahri à Azir, un personnage proche de son symbole, le dieu soleil. Azir invoqua un puissant soldat des sables pour empêcher Kassadin de manger du CS (Creep Score). Elle essaya de s'approcher des sbires, mais les soldats d'Azir l'arrêtèrent brusquement. « Ça va être dur », murmura-t-elle.

Azir continua d'utiliser ses soldats pour attaquer à distance de sécurité, réduisant sa santé. J'étais contrarié d'avoir raté CS, mais je ne pouvais pas me forcer à l'aborder. Puis, j'ai vu un point vert familier sur la mini-carte. « C'est Li Sin ! » dit-il, mi-nerveux, mi-expectatif en regardant Faker s'approcher. Faker a fait le tour de la jungle pour localiser l'équipe ennemie. À un moment donné, il s'est précipité dans la voie du milieu à grande vitesse.

« Je gank », la voix de Faker résonna dans le canyon. Li Sin a frappé Azir avec sa compétence A « Sonic Wave », et s'est immédiatement envolé et a frappé Azir avec sa compétence W « Withdrawal Ball ». Azir paniqua et utilisa précipitamment le flash, mais il était trop tard. Li Xin utilisa ensuite « Fureur du dragon » pour lancer Azir dans les airs, et elle ne manqua pas l'occasion de continuer son attaque en utilisant sa compétence A « Sphère du néant » et sa compétence E « Vague de puissance ». Finalement, Azir est tombé.

Adam continua son commentaire avec enthousiasme.

« Tu es plus malin qu'Azir avec Kassadin en ce moment ! Azir ne peut pas survivre à l'hydromel ! Ses mouvements, c'est vraiment génial ! La Force de Kassadin règne sur la Faille !

La file d'attente fut paisible pendant un moment.

« Bien joué », loua l'aveugle Li Xin. « Ce sera plus facile à partir de maintenant. »

Time utilisa son ultime, la Faille du Néant, pour esquiver les attaques d'Azir et réduire rapidement la distance. Azir essaya de s'éloigner d'elle, mais il était trop rapide et trop vif. L'énergie du Vide tourbillonnait autour de lui, et elle repoussa ses ennemis.

« On dirait que le vrai test a commencé », murmura Ragam à elle-même. Elle croyait au pouvoir de Kassadin.

Sentant que le jungler de l'ennemi approchait de la ligne médiane, elle appela rapidement à l'aide son équipe, esquiva l'attaque de l'ennemi et se prépara immédiatement à une contre-attaque. La puissance du Néant explosa du bout de ses doigts. Maintenant, il avait le contrôle total de la ligne médiane.

La voix de Ra résonna dans le canyon. « Tu vas bien, Ragam. Vous pourrez réussir ce test.

Kassadin continua à se battre, serrant les poings. Il a fait de son mieux pour exploiter la puissance du Vide afin de repousser l'ennemi et de le mener à la victoire.

Après avoir dominé la voie du milieu, elle a libéré sa véritable puissance dès qu'elle a atteint le niveau 16. Elle était une championne avec un grand pouvoir destructeur à partir du niveau 16. Il est considéré comme un personnage frauduleux dans le jeu, et il a commencé à errer dans toute la Faille de l'invocateur en utilisant sa capacité à abattre rapidement les ennemis.

« Maintenant, le vrai plaisir commence », murmura-t-elle. Il a utilisé la faille du Vide pour abattre les champions sans méfiance de l'équipe ennemie un par un. Lorsque le jungler de l'équipe ennemie a attiré son attention, il s'est rapidement approché d'elle et a déclenché un barrage d'attaques. Et il attaquait souvent les résultats de l'ennemi en se promenant. Les tireurs d'élite et les soutiens ennemis ont été écrasés par ses attaques. « Je suis déjà en train de remplir le vide », murmura-t-elle d'une voix bourrue. Au niveau 16, elle était suffisante pour perturber la mentalité de l'équipe ennemie. Elle a eu 13 kills et 0 mort, dominant complètement l'équipe adverse.

La dispute de l'autre personnage s'est enflammée. "Hé, qu'est-ce que tu fais ? Pourquoi continues-tu à mourir ? « C'est parce que vous ne pouvez pas arrêter Mead ! » Il y avait même des insultes douces comme « Comment vont tes parents ? » Alors que les membres de l'équipe échangeaient leurs bons vœux, le travail d'équipe s'est complètement effondré.

« C'est le pouvoir du Néant », sourit-elle. Sans que l'équipe ennemie ne manque le split. Enveloppant l'énergie du Néant, elle chargea une fois de plus vers son ennemi. Devant elle, les deux mots « Victoire » étaient clairement visibles. L'équipe ennemie s'est finalement effondrée en raison de conflits internes et de son physique écrasant. Elle lança une dernière attaque sur le Nexus de l'équipe ennemie, dansant en célébration. Son vide dominait la Faille de l'invocateur, et elle avait appris une autre leçon importante de l'épreuve. Faire sortir l'ordre du chaos passe parfois par la destruction.

Face aux ennemis qui blâmaient les autres et maudissaient sa mère, elle devait se préparer et trouver son épanouissement dans le vide.

Maintenant, aucun des adversaires ne sortit du puits. Quelques-uns s'étaient échappés dans une autre dimension, ne laissant au stade que les rémanences de la victoire. Cependant, Faker Li Sin continuait d'apparaître à côté de lui. Il lui cria à l'oreille d'une voix uniformément joyeuse. « Ikuu ! Ek ! Ooooo

Elle regarda Li Xin avec perplexité. "Faker, c'est la fin du jeu. Pourquoi continuez-vous à crier Ikuu Ek ?

Adam regarda cette scène et devint encore plus enthousiaste dans son commentaire. "En ce moment, le Ricin de Faker poursuit Kassadin ! À quoi ressemble ce son ? Whoops! C'est vraiment drôle ! Mais je suis avec impatience le Ricin de Faker et le Kassadin de Ragham !

Li Xin ne s'arrêta pas et continua à crier : « Ikuu ! Ek ! Ooooo Répété. La voix résonna comme un fantôme hantant l'arène. Elle soupira et secoua la tête. "Tu es la raison pour laquelle je ne ressens pas de plénitude dans le vide. C'est tellement gênant que je n'arrive pas à me concentrer.

Au lieu de répondre, Li Xin dit avec encore plus d'enthousiasme : « Ikuu ! Ek ! Oooooo Crié. Faker se promenait sur la carte, utilisant des emojis au-dessus de sa tête et dansant pour animer l'ambiance.

Finalement, elle s'approcha de Faker et dit sérieusement : « Li Xin, qu'est-ce que cela signifie ? Il n'y a plus personne."

Faker cria alors à nouveau, "Ikuu ! Ek ! Oooooo et est parti dans une autre dimension. Quand Faker est partie, elle a pensé à sa famille. J'ai réalisé que la vraie sécurité vient lorsque vous êtes rempli de l'amour et de l'affection de votre famille, mais aussi lorsque vous êtes séparé de votre famille et que vous profitez de la joie et de la liberté de la solitude. Elle transcenda la solitude qu'elle ressentait sur le champ de bataille au milieu de l'épreuve, se souvenant du sentiment de sécurité qui en découlait. Et le fait que le Baron Nasha, le symbole du Vide, ait été invoqué à la 15ème minute prit un nouveau sens. Il m'est venu à l'esprit que le baron, né dans le vide, trouvait une véritable stabilité dans la solitude sous la terre.

« Le baron Nacha se cherche probablement dans la solitude, se dit-elle. Il traversa le champ de bataille sous sa forme transformée en Kassadin, comparant la solitude du baron à la sienne. J'étais libre lorsque j'étais seul dans le jeu, battant l'ennemi, et la joie que je ressentais dans cette liberté était incomparable.

Bien que le sentiment chaleureux de sécurité que je ressentais lorsque j'étais avec ma famille me manquait, je chérissais également le sentiment de sécurité transcendant que je ressentais dans la solitude. Elle se demandait ce qu'elle voulait vraiment. Une vie stable avec vos coéquipiers et la liberté que vous ressentez dans la solitude. Finalement, j'ai réalisé que j'avais besoin des deux.

Elle a utilisé la faille de Kassadin dans le vide pour se frayer un chemin vers les lignes ennemies, mais elle a également revécu sa famille et ses précieux souvenirs. La joie de la solitude et la sécurité de la liberté lui ont ouvert une nouvelle perspective. Comme le baron Nasha, elle s'est rendu compte qu'elle pouvait se retrouver dans la solitude et y trouver une véritable sécurité.

Ressentant un sentiment de sécurité transcendant au milieu de la solitude, il a une fois de plus mis les pieds sur le champ de bataille du jeu. Dans son cœur, son amour pour sa famille et la liberté qu'elle trouvait dans la solitude coexistaient à l'intersection. Elle s'est rendu compte que la valeur de sa solitude était un mot qui devait coexister avec la plénitude.

Passer du temps avec ma famille était précieux, mais je sentais aussi qu'il était très important de passer du temps avec moi-même. Elle aimait la douce odeur des biscuits qu'elle préparait au four pour sa fille Eva, son fils Jae-wook et son mari Frank, mais aussi l'arôme du café qui flottait dans son temps seul.

Réalisant l'importance du temps pour elle-même, elle a pompé l'eau de la rivière dans le canyon, y a versé de l'eau et a fait du café. Avec ce verre, je suis allé dans le nid bleu et je me suis plongé dans un livre. Des souvenirs chaleureux avec la famille et la solitude ont équilibré ma vie.

D'un autre côté, Eva a aussi senti un peu le cœur de sa mère. Elle pensait que ce ne serait pas une mauvaise idée de la rencontrer de temps en temps pour la liberté de sa mère. « Maman a besoin d'un peu de temps seule », murmura Eva. Eva se souvint de sa mère et de l'odeur chaude des biscuits qu'elle avait cuits au four. Mais c'était aussi agréable de voir ma mère lire un livre et se laisser aller à l'arôme du café. Eva était heureuse de voir sa mère charger dans le vide.

Ragam a été changé de Kassadin pour soutenir Janna au gré de Ra. À ce moment-là, elle ressentait beaucoup de douleur et d'amour en même temps, prenant soin du seul dealer qui était comme un enfant. Mon rôle de supporter n'a pas été aussi facile que je le pensais. Elle se demandait comment elle pourrait aider le seul croupier à obtenir le CS librement.

« Ne touchez pas au CS, gardez vos protections serrées et utilisez vos lentilles pour aveugler l'ennemi », l'a réprimandée grand-mère à travers le portail. Sa voix ressemblait à celle d'une mère qui conseillait avec amour ses enfants.

Contrairement à l'époque où j'ai grandi seul et solitaire à Mead, j'ai aussi connu la plénitude de grandir avec un seul dealer dans la ligne de bot. Elle a réalisé que la véritable croissance n'est possible que lorsqu'il existe une double relation entre la stabilité de la solitude et la plénitude de grandir avec une équipe. Alors qu'elle s'occupait du One Dealer, l'équipe devenait de plus en plus forte, et elle aussi. Il y avait un reflet dans ses yeux comme si elle avait réalisé quelque chose. Lorsque le nexus de l'équipe ennemie s'est effondré et que le bruit de la victoire s'est répandu, j'ai fermé les yeux un instant et j'ai savouré les deux odeurs imprimées. Ra sourit significativement en déplaçant le Ragam éclairé à proximité de l'ancienne pierre. Elle s'est rendu compte que les expériences qu'elle avait vécues dans sa vie étaient liées. La solitude et la plénitude, la création et la destruction, sont deux relations imbriquées.

Adam intervint soudainement. "Je suis une recrue de premier plan ! Lol est le top ! N'est-ce pas ? m'écriai-je.

Ra regarda les actions d'Adam avec dédain.

Elle se tint seule près de la vieille pierre et prit une nouvelle résolution. Valoriser toutes les relations qui l'entourent, se sentir en sécurité dans la solitude, faire sa part en plénitude, tel était son chemin.

Ra sourit, reconnaissant sa détermination. Elle avait appris à trouver la plénitude dans le vide, et cela satisfaisait son besoin de sécurité. Le vide lui-même était une plénitude complète. Dans le vide, j'ai appris le sens profond que tout commence et finit à nouveau.

2-5 La vérité dans le paradoxe

MA GRAND-MÈRE A PARTICIPÉ au cinquième test. Son test avait beaucoup à voir avec la sagesse et les besoins cognitifs (apprentissage), qui lui ont appris à trouver la vérité dans les paradoxes.

La grand-mère est arrivée dans un espace rempli de reliques de Vénus, c'était comme une ancienne bibliothèque, un lieu de toutes sortes de sagesse et de connaissances. Elle a appris qu'elle devait jouer aux échecs pour répondre à l'épreuve de Dieu. "Les échecs...Je ne connais même pas les règles des échecs", marmonna la vieille dame avec inquiétude, près du portail qui n'était pas encore fermé pour que Ra l'entende.

Ra l'assit devant un échiquier. Contre lui, il a amené le légendaire joueur d'échecs Garry Kasparov, qui a eu 14 ans. Ra leur a expliqué les bases des échecs à tous les deux, mais grand-mère était gênée parce qu'elle n'avait jamais compris les subtilités des échecs, car c'était sa première fois dans le jeu. Kasparov a également dit avec un sourire. "Ah, donc ce cheval est le propriétaire. Alors tu peux te déplacer ici comme ça ? » dit-il en déplaçant légèrement les pièces sur l'échiquier.

Demanda Kasparov en se grattant la tête. "Je l'ai déjà entendu, 'Les échecs sont un marathon du cerveau'. Qu'est-ce que cela signifie ?

Dit Ra majestueusement. "Les échecs sont un vrai jeu. C'est une bataille de stratégie profonde, d'anticipation et de patience. Vous devez lire les mouvements de votre adversaire et prédire combien de coups il fait. C'est comme regarder l'avenir sur un échiquier."

Kasparov s'était adaptée rapidement, mais elle ne savait toujours pas où et comment les pièces sur l'échiquier étaient censées bouger. Le jeu est devenu de plus en plus labyrinthique. Elle avait peur d'échouer au test.

Ra entendit une voix lui demander si elle voulait prendre la pilule qu'on lui avait donnée avant le test. La vieille dame avala la pilule sans hésitation. Soudain, toutes les stratégies d'échecs lui vinrent à l'esprit. Grand-mère pensait qu'elle comprenait parfaitement les échecs avec le pouvoir des pilules solaires. Et armé de la confiance qu'il pouvait gagner immédiatement.

« Oui, je comprends maintenant », se dit-elle. « Grâce à cette pilule, je comprends les règles des échecs. »

Elle devenait de plus en plus confiante à chaque échec du roi de son adversaire. L'efficacité de la pilule semblait être à l'œuvre dans sa tête. Pendant qu'elle regardait, Eve entendit les murmures de Ra. "La drogue ne fait vraiment rien. C'est juste une pilule de sucre", marmonna Ra à voix basse. Quand Eve entendit cela, elle chuchota à sa grand-mère à travers le portail.

« Grand-mère », dit Eve prudemment. « C'était en fait un effet placebo qui n'a rien fait. »

La vieille femme s'arrêta un instant. Ses yeux ont flotté. « Que voulez-vous dire ? J'avais l'impression de comprendre les règles des échecs à cause de cela."

Eve hocha la tête et expliqua. « Le changement qu'elle a ressenti n'était pas dû aux médicaments, mais parce qu'elle croyait qu'elle s'en sortirait bien. C'est l'effet placebo. Même si le médicament ne fait rien, lorsque nous y croyons, le corps et l'esprit réagissent.

La vieille femme resta un instant sans voix, comme choquée. Un paradoxe surgit dans son esprit. Quand j'ai découvert que le médicament ne fonctionnait pas, j'ai eu l'impression que toute la confiance et la réalisation que j'avais ressenties avaient disparu. Mais bientôt, elle s'est rendu compte qu'elle avait une profonde conscience.

« Alors, » dit lentement la vieille femme. "En fin de compte, c'est grâce à moi que j'ai compris les échecs. Ce n'est pas la médecine, c'est ma foi qui m'a guidé.

Maintenant, elle était en train de chercher de nouvelles vérités. Elle regarda les pièces sur l'échiquier. J'ai lentement réfléchi à l'endroit où se trouvaient les pièces de l'autre personne et à la façon dont elles se déplaceraient. Il a décidé de faire confiance à ses capacités et à son intuition. Afin de gagner avec sagesse plutôt qu'avec le pouvoir de la médecine, elle a commencé à prédire les mouvements de l'adversaire sur l'échiquier et à élaborer une stratégie. J'ai profondément réfléchi à faire divers coups pour mater le roi de mon adversaire.

Ce n'est qu'à ce moment-là qu'elle a vraiment compris les règles du jeu. "C'est la vérité. Lorsque nous croyons en nous-mêmes et travaillons dur, nous pouvons atteindre une véritable croissance. Qu'il s'agisse de médicaments ou d'une autre aide extérieure, nous devons être au centre de tout cela", sourit Eve.

La vieille dame hocha la tête. « Oui, Eve. Maintenant, je comprends. Le processus de recherche de la vérité dans le paradoxe est la chose la plus importante.

"Quand je prends cette pilule et que j'ai l'impression de connaître les règles, c'est comme quand nous sommes malades et que nous prenons la pilule et que tout va bien. C'est juste mon esprit, ma conscience, qui me fait croire cela. Ce n'est qu'un exemple de pensée centrée sur l'humain.

Elle continuait à se parler à elle-même, gardant un œil sur les mots de son adversaire. "Les humains peuvent se tromper eux-mêmes comme ça. Je crois que la médecine guérira ma maladie, et que lorsque j'acquerrai de nouvelles connaissances, elles deviendront vraiment miennes. Mais cette croyance nous permet parfois d'aller au-delà de nos limites. Les pilules n'ont rien fait, mais je comprends un peu mieux les échecs maintenant. C'est ce qui compte."

La vieille dame regarda de nouveau la planche et sourit. "Peu importe que ces règles, telles que je les comprends maintenant, soient réelles ou qu'elles ne soient qu'une illusion créée dans ma tête. L'important est que j'apprécie les échecs en ce moment."

Kasparov hocha la tête. "Ouais, ça me rappelle mon combat précédent avec Bobby Fisher. Même alors, j'ai essayé de prédire l'avenir en élaborant une stratégie comme celle-ci. Chaque fois qu'il faisait un mouvement, c'était amusant d'imaginer ce qui se passait dans sa tête.

Grand-mère sourit et demanda. « Tu as encore 14 ans, où as-tu joué avec un gars nommé Bobby Fischer ? »

Kasparov fixa l'échiquier pendant un moment, puis sourit et répondit : "J'ai un œil pour l'avenir. Cela a dû créer une vision de Bobby Fisher. Mais la confrontation avec lui était si vive, c'était comme si j'étais assise en face de lui."

En se déplaçant, elle demanda : « Alors, qu'est-ce qui vous a le plus impressionné dans l'hypothétique match contre Bobby Fischer ? »

Kasparov a tapé les mots sur l'échiquier avec ses doigts. "Il était un excellent prédicteur. Ils ont répondu comme s'ils savaient déjà ce que j'allais faire. Chaque mouvement qu'il faisait me donnait un nouveau défi, et j'ai beaucoup appris en cours de route. En particulier, l'anticipation et la gestion de ses chiffres ont beaucoup amélioré ma réflexion stratégique.

La vieille dame hocha la tête. « Même si c'est une illusion, l'expérience a eu un effet profond sur vous. »

Kasparov a répondu avec un sourire. "C'est vrai. Cet accueil a alimenté ma passion pour les échecs. Et je suis vraiment heureux d'avoir pu jouer aux échecs avec ma grand-mère comme ça aujourd'hui et de relever un autre défi."

La vieille femme regarda l'échiquier et dit : « Maintenant, je vois. Les échecs sont une expérience profonde qui transcende le temps et l'espace."

Kasparov hocha la tête. "C'est vrai. Les échecs sont une courbe d'apprentissage sans fin entre le passé et le futur, le réel et le fantastique."

Elle accula le roi de son adversaire et fit un dernier mouvement. "Les échecs sont comme la vie. Parfois, vous n'avez pas besoin de connaître les règles pour vous amuser, et parfois il suffit de croire. Ce qui compte, c'est ce que j'apprends et combien je grandis en cours de route.

Cette fois, Ra a demandé à sa grand-mère d'affronter Bobby Fisher. Assise à l'échiquier, la vieille dame sentit le regard perçant de son adversaire et était nerveuse. Il n'était pas facile de suivre les mouvements rapides et précis de l'adversaire.

« Comment pouvez-vous faire un tel mouvement ? » demanda-t-elle en regardant l'échiquier avec confusion. Au fur et à mesure que le jeu se poursuivait, grand-mère réalisa une vérité importante. Les échecs étaient un jeu de logique et de stratégie, et en même temps un désordre imprévisible. En lisant les chiffres, elle s'est rendu compte que la vérité n'a pas un seul visage.

« La vérité change constamment, et elle a l'air différente », se dit-elle, pensant constamment à l'échiquier et faisant de nouveaux mouvements. Elle a utilisé toute sa sagesse pour maintenir le jeu.

Finalement, elle a goûté à l'amertume d'une défaite après l'autre, mais elle n'a pas abandonné. À chaque défaite, j'ai appris une nouvelle façon de jouer aux échecs. Mais c'était aussi un paradoxe. En apprenant de ses adversaires, elle a été vaincue, mais elle a réalisé qu'une véritable croissance ne pouvait être atteinte sans défaite.

« Le paradoxe est le processus de recherche de la vérité. S'il n'y a pas de paradoxe, vous ne trouverez pas la vérité, se murmura-t-elle doucement.

Après le match, Ra a regardé sa grand-mère et a hoché la tête. « Apprendre de la défaite est aussi une vérité importante »

« Alors, est-il toujours bon de connaître la vérité ? » se demanda-t-elle. « Vous devez savoir ce que vous ne savez pas pour vous motiver à apprendre. L'ignorance est le plus grand don et la plus grande bénédiction de l'homme.

Eva, qui était spectatrice, fut ébranlée par cette scène. « Ra, je suis désolé d'avoir protesté en disant que c'était injuste de t'avoir donné cette pilule. »

Ragam hocha la tête. « Si elle n'avait pas compté sur les pilules en premier lieu, elle aurait pu apprendre la vraie vérité et réaliser la vérité rapidement. »

C'est alors que Younghwan a interrompu la conversation. « Si l'ignorance est rapidement dissipée par une connaissance rapide de la vérité, n'est-ce pas l'attente de la vie que d'être si prompt à déballer le papier d'emballage des plus grands cadeaux ? La joie et le processus d'apprentissage dans l'ignorance ne sont-ils pas un plaisir intrinsèque ?

Tout le monde resta silencieux pendant un moment, réfléchissant à ses paroles. La vieille femme leva les yeux avec une expression pensive. « Oui, c'est vrai. Le processus d'apprentissage est la vraie valeur de la vie.

Eva écouta et regarda sa grand-mère. "Grand-mère, je pense que tu as appris quelque chose de vraiment important. Et nous tous", sourit-elle chaleureusement à sa grand-mère. La vieille femme hocha doucement la tête. "C'est vrai. Et je vais continuer sur cette voie. Apprendre de l'ignorance, trouver la vérité dans cet apprentissage, c'est le chemin que je suis censé emprunter.

Ayant appris à trouver la vérité dans les paradoxes, elle a satisfait ses besoins cognitifs. Elle réalisait maintenant que la vérité n'était pas simple et qu'elle devait y trouver un sens plus profond.

"La vérité n'a pas un seul visage. Il doit trouver un sens plus profond dans le paradoxe.

Ève secoua la tête et regarda sa grand-mère. « Le paradoxe est que vous avez l'impression de savoir alors que vous ne savez pas vraiment. »

Une autre prise de conscience s'insinua dans son esprit. "Je vois...Nous n'avons pas besoin de tout savoir tout le temps. Vous devez savoir ce que vous ne savez pas pour être motivé à apprendre, et vous grandissez dans le processus.

« Oui, c'est important pour moi d'apprendre et de grandir. Je n'ai pas besoin de pilules, je dois marcher sur ce chemin toute seule !

Râ appela sa grand-mère à l'ancienne pierre. En franchissant le portail et en atteignant l'ancienne pierre, elle sentit l'odeur des livres brûlés et des cendres autour d'elle. L'odeur de la brûlure semblait symboliser le moment où ses connaissances retourneraient en cendres. Sentant l'incendie du livre, elle a perdu tout ce qu'elle savait, mais elle y a trouvé de nouvelles idées.

« Ce n'est pas important de tout savoir », murmura-t-elle. « Accepter l'ignorance, en tirer des leçons et en tirer des leçons est une véritable bénédiction. » Le test pour trouver la vérité dans le paradoxe nécessitait une réflexion au-delà de la logique et du bon sens. La vérité n'avait pas de visage, et il fallait trouver un sens plus profond dans le paradoxe. L'essence de Dieu a été révélée dans ce paradoxe.

2-6 L'infini dans la finitude

ADAM A PARTICIPÉ AU sixième test. Ses tests avaient beaucoup
à voir avec les besoins physiologiques, en particulier le désir sexuel,
à travers lequel il devait apprendre à faire l'expérience d'une finitude
infinie.

Il est arrivé dans le monde de StarCraft, où la guerre fait rage
constamment. « Vous devez trouver des possibilités infinies sur ce
champ de bataille en ressources et en temps limités. » La voix de Ra se
fit entendre.

Lorsque le test a commencé, Ra lui a ordonné de choisir une course.
Adam choisit la race la plus forte, les Terrans, et répéta le surnom
de « Tessagi ». Une fois sa race choisie, son adversaire était
automatiquement choisi comme Zerg. Ce choix semblait symboliser le
principe d'intrication de la mécanique quantique.

L'un des spectateurs, Young-hwan, a déclaré de manière
intéressante. « Il y a de l'incertitude jusqu'à ce que tout soit décidé. »

Adam est né Marin. Il devait contrôler ses besoins physiologiques
et ses désirs sexuels, et il devait trouver un sens infini dans les moments
finis de la vie. Mais il avait d'autres objectifs en tête. C'était pour trouver
un médecin.

"Nous devons trouver un médecin...C'est comme ça que tout sera
résolu", se dit Adam, alors qu'il traversait le champ de bataille.

Adam est allé voir le médecin et a affronté ses besoins
physiologiques. Poussé par sa luxure, il cherchait le Medic tout le
temps, même pendant le combat.

C'était un simple fantassin, mais il était volontaire et courageux.
Son corps était protégé par une armure solide et tenait dans ses mains
un puissant fusil. Injectant le Stimpack, il se dirigea vers le Medic qui
soignait son camarade à côté de lui.

« Sœur médecin », l'appela Adam malicieusement. Le Medic se
retourna pour regarder Adam à son appel.

"Cette bataille va être difficile. J'ai utilisé tellement de stimulants
que mon cœur a eu l'impression qu'il allait exploser.

Dit le Medic avec un sourire. "Alors fais attention, Adam. Ne vous poussez pas trop fort."

Adam rit et injecta un autre steampack. Sa santé a diminué, mais sa puissance d'attaque et sa vitesse ont considérablement augmenté. « Ma sœur, j'ai quelque chose à vous montrer. Regardez !" a-t-il exagéré, décrivant l'augmentation de son corps et le rétrécissement avec l'effet de sac à vapeur. Il a fait une farce en répétant que lorsqu'il était touché par un stimpack, son corps grossissait et qu'au bout d'un moment, il rétrécissait à nouveau lorsque l'effet s'estompait. « Écoute, ma sœur. N'est-ce pas incroyable ?"

Le Medic fronça les sourcils et secoua la tête, mais un sourire se répandit sur ses lèvres. "Vraiment, Adam. Quelle blague vous jouez au combat. Ce n'est même pas drôle que vous vous cachiez derrière des minéraux et que vous fassiez quelque chose comme ça.

Adam rit. « Ma sœur devrait venir ici derrière les minéraux et jeter un coup d'œil. C'est vraiment énorme. Il devient plus petit !"

Le Medic soupira et s'avança derrière le minéral. "D'accord, je vais jeter un coup d'œil. Mais qu'y a-t-il de si étrange à ce sujet..."

Adam gonfla son corps en injectant le Stimpack alors qu'elle s'approchait, puis estompa l'effet et revint à sa taille d'origine. Elle ne put retenir son rire. "C'est ridicule. Mais je vous donne le crédit pour votre travail acharné."

Dit Adam avec un sourire malicieux. « Alors, sœur, veux-tu sortir avec moi après la bataille ? »

Le Medic secoua la tête et sourit. « Quand la bataille est terminée, il y a beaucoup de soldats à soigner. Pensons à la date d'après."

Adam hocha la tête avec satisfaction. "D'accord, donc à ce moment-là, je suis devenu plus gentil. Il va devenir plus petit, alors attendez-le avec impatience !

La sœur du Medic lui donna alors un coup de poing au visage, cette fois sans comprendre. Il a dit qu'il n'aimait pas son travail quotidien et qu'il n'aimait pas les hommes qui essayaient seulement de flirter avec les femmes.

Tout en commentant le déroulement du jeu, Eve n'a pas caché sa jalousie et son mécontentement envers Adam. "Hé les gars, Adam n'est qu'un médecin en ce moment. Ils ne se soucient pas des batailles qui comptent. Plus tard, vous serez couvert au visage par la salive de l'hydralisk. N'est-ce pas parce que vous ne faites que regarder le Medic ?

« Oh, regardez ! Pour l'instant, Marin n'attaque plus pour protéger le Medic. Je ne sais pas quoi faire si je rate un moment important en faisant cela. Medic est génial, mais ne devrions-nous pas être plus stratégiques ? Eve a critiqué le jeu d'Adam, mais a exprimé intérieurement sa jalousie et son mécontentement à son égard.

Sa fierté a été blessée et il a commencé à creuser pour trouver des ressources à côté du SCV. Il voulait faire ses preuves en évoluant vers une unité supérieure. La vieille femme, qui regardait cela, hocha la tête et se mit à marmonner. « Pour faire face aux Zergs, vous devez faire un double d'une caserne. One Barracks Double est une stratégie pour construire une caserne dès le début, puis construire rapidement un autre centre de commandement », a-t-elle expliqué.

« Et la bionique est souvent plus efficace que la mécanique. La mécanique est une stratégie centrée sur les chars, les Goliath et les vautours, tandis que la bionique est une stratégie composée d'unités telles que les marines, les médecins et les fermes. Les Zergs sont plus mobiles, donc les bioniques sont mieux à même de faire face. Puis il reprit la parole. "Le dropship est une grande variable. Vous pouvez utiliser Dropship pour attaquer l'arrière de l'adversaire ou détruire des bâtiments importants dans la base principale. Cependant, si votre adversaire est dans la phase de ruche où vous piochez des unités de haute technologie, la mécanique de taux ne'st pas mauvaise non plus. De cette façon, vous pouvez renforcer vos défenses avec des unités avancées.

Son explication décousue n'atteignit jamais les oreilles d'Adam. « Très bien, grand-mère. J'ai hâte d'aller à un rendez-vous avec Medic !"

Elle secoua la tête. "Oui, Adam. J'aimerais le voir évoluer vers une unité supérieure."

Adam rassembla des ressources et les améliora à la demande de sa grand-mère, puis évolua en Firebat. Son apparence devint plus puissante et il tenait un lance-flammes dans sa main, crachant du feu. Son armure était plus épaisse et plus résistante à la chaleur, résistante aux flammes. Au niveau suivant, il a évolué en fantôme. C'était un soldat d'élite doté de capacités furtives et capable d'effectuer des missions d'espionnage avancées. Le corps était recouvert d'une armure légère et tenait dans les mains un fusil de sniper. Le casque était équipé de lunettes de vision nocturne très puissantes. Après cela, Adam a évolué en tank. Son corps a été transformé en une machine puissante, avec des tourelles lourdement blindées et un blindage épais. Il a joué un rôle central dans la défense des attaques ennemies sur le champ de bataille et a fourni une puissance de feu puissante. Finalement, Adam a évolué en Battlekurger. Le corps d'une machine s'est transformé en un cuirassé spatial géant, dégageant une majesté dans le ciel. Équipés de puissants canons laser et de missiles, les Battlekourzers dominaient le champ de bataille du ciel à la terre. Il regarda autour de lui, se prélassant dans sa force. C'est alors que j'ai vu quelqu'un chevaucher un Vautour sous le camp en se plaignant du Medic.

Le pilote du Vautour sourit en s'approchant du Medic. "Médecin, puis-je vous emmener ? Ce Vautour est rapide, et il est magnifique !

Le Medic répondit en regardant le Vautour avec une expression perplexe. « S'il vous plaît, arrêtez, je suis occupé. »

Adam ne pouvait pas le supporter. La voix d'Adam retentit du ciel. « Canon Yamato, prêt à tirer ! »

Vulture leva les yeux vers le ciel, l'air surpris. « Quoi, ça ?! » Adam avait déjà visé le canon Yamato. « Ne dérangez pas le Medic ! » dit-il, tirant un puissant canon Yamato, envoyant un rayon rouge voler vers le Vautour.

Le pilote a été pris dans l'explosion sans avoir eu la chance de s'échapper, et le Vautour s'est brisé dans le ciel. Le médecin a été stupéfait par la scène. Dit fièrement Adam en atterrissant. « Sœur, tu ne dérangeras plus personne. Je vais te protéger."

À ce moment-là, le Vautour réapparut dans l'usine, indemne. Il s'effondra sur le sol et secoua la fumée bleue. "Adam, sois plus miséricordieux la prochaine fois. Mais j'ai appris ma leçon. Si vous allez voir le Medic, vous serez touché par le canon Yamato.

Adam répondit avec un grand sourire. "D'accord, sois plus prudent la prochaine fois. Rappelez-vous, c'est ce qui arrive quand vous dérangez votre sœur."

« Quand je suis avec ma sœur, j'ai l'impression que tous mes systèmes sont optimisés », dit doucement Adam au système de communication de Battlekourzer. « Le visage de ma sœur fait battre mon cœur plus vite que la vitesse maximale de mon moteur. »

Le Medic cligna des yeux vers Adam. « Pourquoi dis-tu cela, Battlekurger ? »

Adam s'approcha, "Ton toucher peut percer mes gants et atteindre mon cœur. Même si je me bats contre elle, j'ai l'impression d'avoir gagné tous les jours quand elle est à mes côtés."

Le médecin rit et dit : « Vraiment ? Si c'est le cas, je serai avec vous sur le champ de bataille. Mais il y a une condition, ne lancez jamais un missile à côté de moi, opérons ensemble en toute sécurité."

« Bien sûr », répondit Adam sérieusement. "Ensemble, nous pourrons nous battre et guérir parfaitement. Nous allons être la meilleure équipe de tous les temps.

Le Medic répondit avec un léger sourire. "Mais si je veux être la meilleure équipe, j'ai besoin d'une récompense, n'est-ce pas ? J'aimerais avoir des dons et des ressources infinis.

Adam cligna des yeux et dit : « De quels dons et ressources parlez-vous ? »

Le médecin a répondu : « Eh bien, j'aimerais avoir une pièce pleine de poulets sans fin, de boissons énergisantes sans fin et de fleurs fraîches tous les matins. J'aimerais aussi qu'il y ait un palais avec une immense piscine. Oh, et vous aurez également besoin d'une super armure invincible à porter au combat. Ajoutez un navire de transport dédié que vous pouvez appeler à tout moment. C'est tout ce dont j'ai besoin.

Adam dit sans réfléchir, "Compris. Je vais rassembler les ressources et vous les donner.

Le Medic sourit, "et n'oublie pas la montagne de pièces d'or et de gemmes pour moi. Et je veux aussi une pizza recouverte de diamants chaque semaine. Si tu le fais, je sortirai avec toi.

Adam hocha la tête, distrait par ses paroles. — Eh bien, alors. Je vais tout préparer. Quand nous serons prêts, rassemblons nos corps.

Cependant, Adam était distrait par elle et négligeait la gestion des ressources et la défense de la base principale. Pendant ce temps, il y eut un grincement et l'invasion zerg commença.

Dans l'obscurité de l'arrière-plan caractéristique de StarCraft, des mutalisks zergs bourdonnaient dans l'air. Ils se précipitèrent vers le centre de commandement d'Adam à grande vitesse. Les zerglings suivaient en masse, et le bruit des griffes qui s'enfonçaient dans le sol était terrifiant. L'arrivée de la reine augmenta encore la peur. Ils ont commencé à se faufiler et à infecter le centre de commandement. Bientôt, le centre de commandement se transforma en un Terran infesté, avec des lianes hurlantes et des spores se répandant autour de lui. Une par une, les tours de défense d'Adam s'effondrèrent, et les ouvriers furent infectés et commencèrent à muter avec des bruits étranges.

Adam entendit les mots « infecté complet » et le rire du médecin. Puis, réalisant la situation, il a essayé à la hâte de réorganiser les défenses, mais c'était déjà une catastrophe. Un bip de StarCraft retentit, suivi d'une notification constante indiquant que « votre base est attaquée ». Adam rassembla à la hâte les forces restantes et reconstruisit ses défenses, mais des soldats terriens infestés attaquèrent ses forces, semant le chaos de tous les côtés.

« La partie est terminée », soupira profondément Adam, alors qu'une voix résonnait dans le ciel. L'armée zerg rugit de triomphe. Le son de fond maintient toujours une atmosphère sombre, nous rappelant la cruauté du monde du jeu. Ra se moqua d'Adam et le transforma en une carte infinie. Adam était excité par l'effusion soudaine de ressources. Le désespoir et la tension de la carte finie avaient disparu, et à la place, il utilisa ses ressources infinies pour avancer rapidement afin de coucher rapidement avec sa sœur Medic. Cependant, dans le processus, il a perdu le défi et le plaisir du jeu à somme nulle dans son esprit affamé précédent.

Au milieu de ses ressources infinies, Adam mène peu à peu une vie de débauche. Il a commencé à s'essayer aux gaz, aux drogues. C'est devenu une bête qui ne se déplace que par instinct, pas par stratégie ou objectif. Ceux qui l'ont regardé ont réalisé à quel point l'instinct humain peut être facilement corrompu.

Adam s'est vite rendu compte que la créativité était étouffée à l'infini. Il n'y avait pas de défi et la tension avait disparu. Il s'est rendu compte de la dualité d'avoir à percevoir le monde comme un jeu à somme nulle. Dans le sens où l'acte de créer un enfant par Adam, un homme à vie finie, et Medic, une femme, est un acte créatif presque infini, il en va de même pour les besoins physiologiques.

Eva, une spectatrice, claqua la langue quand elle vit Adam courir nu dans StarCraft, enlevant toute son armure alors que ses adversaires attaquaient sa faction. "C'est énorme. Mais habillez-vous !" cria Eva, mais Adam essayait toujours de trouver le médecin.

Eve vit Adam ne chercher que le Médecin, et sa jalousie s'enflamma encore plus. "Pourquoi diable poursuivez-vous le Medic ? Tu ne vois rien d'autre ?" exprima-t-elle avec colère à Adam.

La double attitude d'Adam, ses désirs et son apparence perdue au milieu de l'infini lui ont enseigné une leçon importante. En fin de compte, il a réfléchi à la signification de la créativité et des possibilités infinies dans une vie finie. En fait, même si le monde n'est pas un jeu à somme nulle, nous avons appris la vérité qu'il doit y avoir une quantité limitée de créativité. Il se voit maintenant errer au milieu de ressources infinies, incapable de trouver un sens, et comprend vraiment les bénédictions de la finitude. Je pensais aussi que le désir sexuel qu'Adam ressentait pour le Medic dans le jeu était un acte créatif qui créait l'infini. En fin de compte, j'ai réalisé que le processus de donner naissance à un enfant est un instinct et un désir très naturels d'un être vivant de vouloir l'infini dans une vie finie. À ce moment-là, la légère odeur de fleurs de châtaignier de poisson qui s'échappait des narines m'a frappé le nez.

Ra ne manqua pas un aperçu de l'illumination sur son visage.

« Même dans le fini, il y a des possibilités infinies. Je m'en suis rendu compte.

Ra rit largement alors qu'il avait même une épiphanie superficielle. « Sortez ! » Râ ouvrit le portail et Adam fut bientôt transporté à proximité de l'Ancienne Pierre.

Adam était déconcerté par la réaction de Ra, mais il ressentait un sentiment de regret. L'odeur des fleurs de châtaignier persistait encore dans son esprit, et elle restait le parfum de l'illumination.

2-7 L'essence de l'illusion

YOUNG-HWAN A PARTICIPÉ au septième test. Pour lui, c'était le processus de satisfaction du besoin de réalisation de soi pour retrouver le sens de la vie.

« Le but de ce test est de trouver l'essence de votre apparence extérieure. » Ra a dit.

Young-hwan est entré sur le terrain de basket-ball de la NBA avec le sifflet signalant le début de l'examen. Au milieu des lumières brillantes de l'arène et des acclamations bruyantes de milliers de spectateurs, mon cœur a commencé à battre vite. Son équipe était composée de Myung-Ho Shin et Jamil Warney, tandis que ses adversaires étaient James Harden, LeBron James et Kyrie Irving. Ces trois joueurs légendaires étaient des légendes.

Avant le match, Adam et Eve ont eu une conversation intéressante dans les tribunes. Il y avait un sourire espiègle sur leurs visages. Adam se pencha vers Ève et murmura : "Eve, il y a une équipe avec Young-hwan et une équipe avec Harden, LeBron et Irving ? Essayons notre sport Toto, d'accord ?"

Eve gloussa. "Il y a très peu de chances que l'équipe de Young-hwan gagne. Peu importe comment vous le regardez, l'équipe adverse sera dominante. Combien de temps allez-vous prendre ?

Adam hocha la tête pensivement. « Eh bien, pourquoi ne mettons-nous pas tout notre argent en jeu ? Après tout, les chances de gagner sont minces. Ensuite, vous pourrez vous assurer d'obtenir votre part."

Répondit Eve, les sourcils levés de manière ludique. "Vraiment ? Parions tout ? Nous pourrions alors être complètement sans le sou. Tu vas bien ?"

Adam rit. "Eh bien, la vie est un coup. Et si l'équipe gagne vraiment, ce sera amusant.

Eve hocha la tête, sortit son téléphone et accéda au site de Toto. "D'accord, parions. Tout! C'est un gros pari sur l'équipe perdante."

Adam se tenait à ses côtés. "Entrez le montant ici...Vous pouvez appuyer sur OK. C'est ça, c'est le plus gros pari de notre vie ! »

Ils se tenaient la main et riaient aux éclats. « C'est une bonne promenade ! » murmura-t-elle en regardant le terrain de basket. "Pionnier. Je suis désolé, mais ne faites pas le test."

Sur le terrain, les joueurs se sont déjà échauffés et sont prêts. Younghuan entendit leurs rires depuis les tribunes et tourna la tête un instant. Adam et Eve ont attiré leur attention, et ils ont salué et applaudi de manière ludique.

Younghwan serra les dents et marmonna. "D'accord, je vais vous montrer. Laissez-moi vous dire à quel point notre équipe est forte.

Dès le début du match, la voix du manager de l'équipe adverse a résonné dans l'arène. « Laissez Shin Myung-ho tranquille », Young-hwan a commencé à marcher sur le terrain, se sentant responsable en tant qu'as de l'équipe. Mais le physique écrasant de LeBron James et le 3-points incisif de James Harden ont éclipsé tous ses efforts. "En ce moment, James Harden va faire un autre 3-points en arrière ! Après avoir ébloui votre adversaire avec vos dribbles, vous avez un step-back intense ! Et tirez ! La balle traversera le cercle dans une belle trajectoire ! Je suis de nouveau dedans ! Le trois points profond de Harden est toujours en feu aujourd'hui !"

La voix d'Adam était pleine d'excitation. La foule s'est déchaînée pour le jeu de Harden. Cependant, le maître de la défense, Shin Myung-ho, ne put réprimer sa colère. Shin semblait complètement fatigué des tirs à trois points incessants de Harden.

"Tout le monde, regardez l'expression sur le visage de Xin Minghu maintenant ! Le 3-points de Harden semble complètement déconcerté. Shin Myung-ho travaille en défense, mais les step-backs et les tirs à trois points profonds de Harden le frustrent. Cette scène est tellement drôle !"

Adam ne put retenir son rire alors qu'il continuait son commentaire. "Une fois de plus, Harden déménage ! Reculez! Trois profondeurs ! Et...Je rentre ! Shin Myung-ho s'arrêta là et eut l'air abasourdi. Myung-Ho Shin, j'ai confiance en sa capacité défensive, mais aujourd'hui, ce n'était pas suffisant pour arrêter le tir de Harden ! Ce match est plein de scènes vraiment inoubliables !"

Le temps a été déclaré et les joueurs sont retournés sur le banc. Younghwan regarda le réalisateur avec un visage taché de sueur et dit désespérément : "Évêque, s'il vous plaît, amenez Stephen Curry. Nous avons besoin de lui."

Puis Jamil Warney a riposté avec colère. « Que fait Curry quand nous avons Jamil Warney ? » a-t-il demandé, avec fierté et confiance dans ses mots. En tant que point focal de l'équipe, il a essayé de montrer qu'il croyait qu'il pouvait le faire, mais Young-hwan n'était pas d'accord avec Warnie. L'entraîneur a regardé le débat animé des joueurs pendant un moment, puis a hoché la tête et a pris une décision. "Nous nous battons en équipe en ce moment. Ayez la foi.

Younghwan laissa échapper un profond soupir et retourna sur le terrain. L'essence de l'épreuve, la « logique du pouvoir » et le « sens de la vie », hantaient son esprit. La compétition féroce sur le court était comme la vie. Du côté adverse, la légende de la NBA Michael Jordan a également rejoint le terrain en jetant une serviette depuis le banc. Lorsque le match a repris, c'était une bataille entre le basket-ball de force et le basket-ball d'habileté.

LeBron James était l'incarnation du basket-ball de force. Sa forte force physique et sa puissance explosive ont submergé notre équipe. Younghwan lutta contre son pouvoir, essayant d'en comprendre la logique.

« Le pouvoir gouverne-t-il tout ? » s'est-il demandé. « Est-ce là l'essence de la vie ? »

D'autre part, James Harden et Kyrie Irving étaient des maîtres du basket-ball technique. Leurs dribbles rapides et leurs tirs exquis lui ont ouvert une nouvelle perspective. Voyant comment il submergeait ses adversaires avec la technologie et la stratégie, il demanda à nouveau : « La technologie et la stratégie sont-elles le vrai pouvoir ? »

Au fur et à mesure que le jeu progressait, il a réalisé l'importance d'équilibrer la puissance et les compétences. Le pouvoir et la technologie qui apparaissaient à la surface n'étaient que des illusions, mais la vraie vérité était de trouver l'essence derrière eux.

Au milieu du match, Jamil Warney a dribblé rapidement à travers le court. Il a attendu le moment pour envoyer la bonne passe. Finalement, il a envoyé une passe précise à Young-hwan. Il avait Kyrie Irving devant lui. Il s'arrêta momentanément pour lire les mouvements d'Irving, puis recula rapidement. Irving l'a suivi et a essayé de l'arrêter, mais il était trop tard. Son parfait step-back à 3 points a traversé le ring proprement.

Un rugissement a éclaté dans les tribunes et l'entraîneur-chef de l'équipe adverse a crié avec colère. « Laissez le Deutéronome tranquille ! »

Jamil Warney sourit et s'approcha de Younghwan. Il a levé le pouce. « GOAT ! » cria-t-il. J'ai juste souri et tapoté Warnie dans le dos, puis je suis rapidement retourné sur le terrain. Il agonisait constamment et posait des questions philosophiques pendant le match. « Quel est le sens de la vie ? Qu'est-ce qui est le plus important, la force ou l'habileté ? Qui suis-je ?

Ces questions ont stimulé son désir de réalisation de soi. Pour lui, la force et la technologie n'étaient que des outils, et le vrai sens de la vie dépendait de la façon dont ils étaient utilisés. L'essence n'était pas dans l'apparence extérieure, mais dans la vraie valeur cachée derrière elle.

« La force et l'habileté se complètent », s'est dit Younghwan. « Utiliser les deux en harmonie est le vrai sens de la vie. »

Au début du troisième quart-temps, alors que l'équipe adverse avait une grande avance en points, les joueurs sur le terrain ont eu une pause pour couper la poursuite. Et notre équipe a élaboré un plan au milieu de discussions animées.

Lorsque le coup de sifflet de l'arbitre a retenti à nouveau, l'atmosphère dans l'arène est devenue encore plus chaude. Devant ses yeux se trouvait un spectacle incroyable.

Ra a transformé l'équipe adverse en un jeune Jordan de 19 ans, un Jordan de 29 ans dans la fleur de l'âge et un Jordan chevronné de 40 ans. Le fait que les trois Jordan soient dans la même équipe était clairement quelque chose au-delà de la réalité, une illusion créée par une illusion.

Il était obsédé par la mission de trouver l'essence de cette illusion. Le jeu simultané des trois Jordan était comme une symphonie parfaite. Ils ont montré des dribbles et des tirs sans faille, mettant son équipe sous pression.

Jordan, âgé de 19 ans, a dominé le court avec sa jeunesse et son courage. Sa vitesse et son agilité semblaient imparables. Jordan, âgé de 29 ans, était au sommet de ses capacités physiques et techniques. Son jeu était impeccable et chaque fois qu'il recevait le ballon, la foule retenait son souffle. Jordan, âgé de 40 ans, a joué avec expérience et sagesse. Il y avait de la perspicacité et de l'habileté dans ses yeux grâce à d'innombrables matchs. Leur respiration était parfaitement synchronisée. Le jeune Jordan a attrapé le ballon et dribblé alors qu'il perçait rapidement la défense de notre équipe. Les défenseurs de Young se sont précipités pour l'arrêter, mais il les a esquivés avec des mouvements agiles et a traversé le milieu du terrain, signalant le jeune Jordan.

Le jeune Jordan reconnut le signal du jeune Jordan et courut vers le but à une vitesse instantanée. Il a localisé l'emplacement du jeune Jordan et a lancé le ballon au moment idéal. Le ballon s'est envolé dans les airs et le jeune Jordan a sauté haut pour l'attraper. Il a ensuite passé à un Jordan d'âge moyen qui attendait déjà de l'autre côté du but, juste au-dessus du but. Jordan, d'âge moyen, a attrapé le ballon en l'air et l'a claqué dans un dunk rapide, envoyant le panier trembler comme un arbre dans une tempête.

Les joueurs de l'équipe de Younghwan ont été étonnés par leur brillant jeu eli-oop. Ils travaillaient tous les trois en parfaite harmonie, et leurs compétences et leur travail d'équipe étaient inégalés. Il est retourné sur le terrain, essayant de donner un sens à la réalité de cette illusion. Ils pensaient que ce n'était pas réel et qu'ils avaient créé une illusion avec des clones.

Il s'écria à lui-même. « L'essence est cachée derrière une illusion. Ce n'est pas l'illusion pour laquelle nous nous battons, c'est la vérité derrière."

Ra a brusquement arrêté le match et s'est rendu dans un stade de basket-ball local en Corée du Sud. Le stade ne rebondissait pas bien, et il était petit et simple, mais la passion qui le traversait n'était pas moins que celle d'un terrain de la NBA. D'un côté du terrain se trouvait un vieux panier de basket en métal, entouré de bancs et de vieux équipements de gymnastique. La plupart des spectateurs qui regardaient le match étaient des hommes d'âge moyen.

Dès le début du match, une dispute a éclaté entre les hommes âgés de 30 ans et plus. « Votre pas en arrière est une violation ambulante ! » s'écria l'un des vieillards. — Non, les Cueilleurs sont autorisés ! répliqua l'autre. "Qu'est-ce que tu vas faire ? C'est encore hors des règles ! » argumentèrent-ils férocement, comme s'ils essayaient de trouver l'essence d'une illusion. En les regardant, il sentit le changement dans son cœur. Le test qu'il traversait au basket-ball était d'aller au-delà du sport et de réaliser l'essence de Dieu. Après le match, il est allé dans le vestiaire et a pris une douche. Un jet d'eau chaude apaisa sa nervosité, mais son cœur était froid et froid. Je suis sorti de la douche et je me suis tenu devant le miroir. Puis, alors qu'elle regardait son corps dans le miroir pour appliquer la lotion, elle a soudainement eu une révélation.

« Nous regardons l'illusion dans le miroir et pensons que c'est nous-mêmes. » demandai-je. Le reflet n'est qu'une apparence extérieure et ne reflète pas la véritable essence qui se cache derrière. Il se rend compte qu'il avait été trompé par les apparences extérieures.

Cependant, le plus important était que sans cette illusion, l'essence du « je » ne pourrait pas exister.

Grâce à la situation et au miroir créé par Ra, Young-hwan a appris que l'illusion n'était pas seulement une illusion ou une illusion, mais un outil pour trouver la vérité derrière. En quittant la cabine d'essayage, je pouvais sentir le shampoing sur mes cheveux. L'odeur parfumée éclaircissait mon esprit et rendait l'essence derrière plus claire. Il s'est rendu compte que la réalisation de soi au-delà de l'identité et de l'estime de soi ne peut se manifester que par l'illusion dans le miroir. Horrifiée, l'odeur du shampoing se répandit au plus profond de son âme.

Adam, le spectateur, prit la parole. « Est-ce une vérité paradoxale que Younghwan soit un eunuque sans testicules, et qu'un visionnaire qui a perdu son identité de genre ait réussi à se réaliser ? » rétorqua Eve. "Un testicule peut être une illusion dans son essence. Peut-être que c'est un pas vers la réalisation de soi", a encore déclaré Adam. "Mais j'ai vraiment besoin de ces deux pilules. Ne brisez pas mon identité !" sa voix était pleine de fierté.

Younghwan a déclaré : « Grâce à la double relation entre l'illusion et l'essence, j'ai pu me comprendre plus profondément. » Râ l'appela à proximité de l'ancienne pierre. Pourtant, à chaque pas, l'odeur parfumée du shampoing persistait sur le bout de son nez.

3
odeur

Debout au milieu du labyrinthe, dans un espace faiblement éclairé, un parfum mystérieux flottait à travers lui. L'odeur était plus qu'une simple odeur, c'était comme si elle franchissait la frontière entre ce monde et l'autre. C'était en soi le début de la pensée philosophique. Cette odeur transcendait la simple expérience sensorielle, conduisait à une profonde contemplation et évoquait une conscience de la dualité de Dieu.

« L'homme doit se transcender lui-même » Cela signifie que l'homme doit simultanément reconnaître et accepter la dualité du bien et du mal, de la création et de la destruction. Cela impliquait que nous devions aller au-delà de la distinction entre le bien et le mal et trouver un véritable sens à la coexistence des deux. Le parfum s'est transformé en une odeur, parfois douce, parfois amère, et a stimulé un large éventail d'émotions humaines. Cela reflétait une structure complexe de bien et de mal, tout comme la vie humaine.

« Parce qu'il y a de la lumière, il y a des ténèbres, et parce qu'il y a des ténèbres, il y a de la lumière » suggère que la création et la destruction sont inséparables, ayant besoin l'une de l'autre. Le parfum montrait l'ironie de la vie humaine, qui grandit dans la douleur, trouve la joie dans le chagrin et trouve l'espoir dans le désespoir.

Ce parfum était donc plus qu'une simple expérience sensorielle. C'était un symbole de la prise de conscience de la nature de l'existence humaine. « L'homme ne peut jamais savoir plus qu'il ne perçoit » Fragrance a transcendé ces limites, révélant la dualité de Dieu que les humains ne pouvaient pas percevoir. Il stimulait à la fois la raison et l'émotion humaines.

La dualité est le cœur de l'existence. Le bien et le mal, la création et la destruction, l'amour et la haine, le vide et la plénitude, l'illusion et l'essence, l'inconscient et le flux existent tous ensemble et constituent la vie humaine en eux-mêmes. Le parfum était un symbole clair de cette dualité. Cela signifiait que nous devions aller au-delà de la simple pensée dichotomique des êtres humains et regarder le monde dans une perspective holistique.

Après tout, ce parfum était un symbole important de la réalisation de la nature de l'existence de Dieu. C'était une expérience qui a pénétré profondément dans l'âme humaine et a apporté une véritable transformation. Cela signifiait que les êtres humains ne devaient pas simplement suivre des codes moraux, mais devaient rechercher des vérités essentielles qui se trouvent au plus profond d'eux.

L'odorat est un moyen important qui révèle l'existence et l'essence de Dieu au-delà des simples sens. Du point de vue de Dieu, l'odorat symbolise le lien profond de la vie avec l'univers et ouvre la voie à l'exploration de la source de l'existence. Dieu est l'être ultime qui crée et maintient toutes choses, et Sa volonté est communiquée aux humains par l'odorat.

Du point de vue de Dieu, la logique du bien et du mal, de la morale et de la loi, de la règle et de la force n'est rien de plus qu'une création humaine temporaire. Dieu existe au-delà de ces notions limitées et transcende toutes les normes créées par l'homme. L'odorat est l'instrument de Dieu qui permet aux humains de percevoir ces êtres transcendants.

Dieu maintient l'équilibre du monde à travers cette dualité, et les odeurs rappellent aux humains cet équilibre. Le concept selon lequel « la volonté est la source de toute chose » reflète la volonté de Dieu, et l'odorat est l'une des expressions de cette volonté, rendant les humains conscients de l'essence de Dieu.

Les odeurs sont une représentation de la volonté de Dieu, et tout ce que les humains ressentent se produit dans le plan de Dieu. Du point de vue de Dieu, l'odorat est un outil important qui va au-delà des sens humains et révèle l'essence de l'existence. Il guide l'homme à comprendre et à suivre la volonté de Dieu.

Après tout, l'odeur de Dieu symbolise une vérité essentielle qui transcende toutes les normes et standards créés par l'homme. C'est le véhicule par lequel les êtres humains peuvent comprendre et accepter la Volonté de Dieu et explorer des niveaux supérieurs de vérité au-delà de leurs propres limites. L'odorat est le parfum de la volonté de Dieu, et c'est à travers ce parfum que l'homme réalise sa propre existence et l'essence de l'univers. Après avoir réalisé leur propre identité et l'essence de Dieu à travers l'odeur de Dieu dans le labyrinthe, les âmes de Ragham se sont rassemblées au centre.

Younghwan a parlé en premier. « Je me suis regardée dans le miroir, et après m'être douchée, j'ai senti le shampoing. L'odeur m'a purifié et m'a donné un nouveau moi."

Dit Adam avec un sourire. « J'ai senti les fleurs de la nuit. Le parfum a stimulé ma libido, mais il m'a aussi éclairé sur ma vraie nature. J'ai réalisé que ce que je cherchais n'était pas un instinct subordonné, mais une partie de moi-même.

Eve hocha la tête. "J'ai senti la précieuse et belle odeur que j'ai ressentie quand j'ai fait l'amour à Adam. Cela m'a rappelé mon affection et mon besoin d'appartenance. Mon amour pour Adam m'a donné une compréhension plus profonde de qui je suis.

La vieille dame dit sagement. « Je pouvais sentir l'odeur de brûlé des livres réduits en cendres. L'odeur a stimulé mes besoins cognitifs et m'a rendu plus sage. J'ai appris beaucoup de vérités à partir de l'odeur.

Eva continua. "J'ai senti la sueur épaisse des gens dans le métro. Le parfum m'a rappelé que l'ordre et l'harmonie sont possibles dans le chaos. J'ai réalisé une nouvelle facette du milieu à travers l'odeur.

Dit Ragam chaleureusement. « Je pouvais sentir l'odeur du café flotter dans l'air. L'odeur m'a rappelé le vide de la solitude et de l'indépendance. C'était l'odeur qui cimentait la plénitude du vide.

Eva a dit. "Ce n'est pas seulement l'odeur des dieux que nous avons sentie. Il représente l'essence de chacun de nous.

Dit Adam avec un sourire. "Je suis différent. L'odeur des fleurs de châtaignier éveille mes instincts, mais elle trouve aussi des femmes, pas seulement moi.

Ils ont réalisé la puissance intense de leur odorat et ils ont senti que l'essence de Dieu était gravée profondément dans nos souvenirs et nos instincts. L'odorat nous permet de ressentir l'influence de l'invisible et, dans ses sens les plus primaires, il est connecté à nos parties fondamentales.

Il a partagé le message que les odeurs sont profondément ancrées dans notre subconscient et peuvent être ressenties intuitivement et immédiatement. Ils se rassemblèrent à nouveau devant Ra. Ra était soudainement passée d'un homme costaud à une déesse, les saluant avec un doux sourire.

Ra parlait lentement. "Les odeurs que vous ressentez peuvent vous centrer sur vos valeurs et sur votre vie. Mais pratiquer réellement cette odeur est quelque chose que seul Dieu peut faire.

« Parce que la pratique ne se fait pas par simple volonté et détermination. Les humains ont un but et sont motivés, mais il y a de nombreux obstacles pour arriver au point où ils le font réellement.

Il s'arrêta et continua lentement. "Le cerveau humain a peur du changement et a tendance à rester dans un état détendu. Il s'agit d'un instinct humain profond qui découle de l'habitude d'éviter le danger et de conserver de l'énergie pour survivre. Par conséquent, essayer de nouveaux défis ou changements nécessite beaucoup d'énergie, ce qui met beaucoup de pression sur le cerveau. Par conséquent, quelle que soit la force de la volonté et de la motivation, il est très difficile de la maintenir. « De plus, il faut une planification concrète et des efforts continus pour mettre un objectif en action, mais les êtres humains sont exposés à diverses tentations et distractions dans leur vie quotidienne, il est donc facile de perdre leur concentration. C'est naturel pour les instincts et les cerveaux humains, vous n'avez donc pas à vous blâmer."

« Par conséquent, vous devez avoir un sens élevé de l'objectif et le décomposer en sous-objectifs, puis les matérialiser. Créez une routine pour devenir un dieu et concevez votre environnement. Enfin, répétez le processus afin d'atteindre votre plein potentiel et votre originalité.

Il est important pour les êtres humains d'interpréter les choses différemment selon leur situation, et trouver une méthode adaptée à leur situation était la clé de la pratique.

Demanda Younghwan, confus. « Alors, quelle est la signification de ce que nous avons appris ? Sommes-nous simplement en train d'opérer selon le plan de Dieu ?

Ra secoua la tête en réponse. – Non, monsieur. Il suffit d'être éclairé. Grâce à l'odorat, j'ai appris la nature du monde et la dualité de Dieu. Rien que cela a suffisamment grandi."

ajouta Ragam avec un sourire comique. « Oui, en tant qu'âme, cette réalisation est suffisante. En fin de compte, il nous suffit de réaliser et de ressentir que nous vivons dans ce monde.

demanda Eva, intriguée par ses paroles. « Mais y a-t-il un intérêt à atteindre l'illumination uniquement par l'odorat ? Si c'est une réalisation irréalisable..."

Ragham sourit à nouveau. « Ma fille, cette prise de conscience est la croissance de nos âmes. Rien qu'en comprenant la duplicité et l'ambiguïté de Dieu, nous avons déjà fait un pas en avant.

Adam hocha la tête. « Oui, nous avons tous été éclairés à notre manière. Cela m'a aidé à mieux comprendre notre essence.

Dit Eve pensivement. "L'odorat, contrairement aux autres sens, pénètre intuitivement profondément dans notre esprit. Je pense qu'il fournit des conseils sur la façon dont nous acceptons et comprenons le monde. Mais plus important encore, cela nous aide à mieux comprendre notre moi intérieur.

Adam répliqua. "C'est vrai. Les odeurs révèlent les choses que nous craignons, aimons et dont nous avons envie. C'est une partie importante de qui nous sommes."

La vieille dame dit sagement. "L'odorat est l'un des sens les plus primitifs, évoquant des souvenirs et des émotions. Elle nous rappelle le passé, elle nous fait prévoir l'avenir, elle nous fait ressentir le présent, et ces odeurs viennent des profondeurs de notre être et jouent un rôle important dans la direction de notre vie.

Ragam parla à nouveau. « L'odeur des dieux que nous avons ressentie était plus qu'une simple odeur. Il nous a montré la complexité du monde dans lequel nous vivons et sa dualité. Et nous devons être centrés là-dedans, et c'est le symbole le plus spécial que l'odeur de Dieu nous donne.

a déclaré Jaewook. « En fin de compte, je pense que l'odeur de Dieu permet à chacun de nous de trouver des réponses à la question de savoir comment nous devrions accepter et vivre dans le monde. Il symbolise quelque chose qui va au-delà de nos sens, dans nos âmes.

ajouta enfin Ra. « C'est trop vague pour que les humains comprennent la nature de Dieu. Mais dans cette ambiguïté, vous vous êtes retrouvés et vous avez fini par comprendre.

3-1 Âme de Ragam

Demanda Ragam doucement. « Ra, que signifie l'âme de Ragam à la fin ? »

Ra répondit avec arrogance, disant qu'il savait que quelqu'un allait lui poser une question. "Ragham signifie 'Ra : Dieu et plus'. Les étoiles du système solaire, c'est moi, c'est moi ! Mais j'avais l'habitude de passer le test comme toi.

À ses mots, Younghwan a demandé curieusement. "Tu as passé ce test ? Le résultat ?

Ra répondit avec un sourire amer. « J'ai réussi cet examen facilement, mais j'ai échoué au cours avancé. C'est pourquoi je suis maintenant en charge du système solaire.

Ra regarda lentement autour d'elle, croisant les yeux des six. En regardant leurs yeux curieux, Ra sourit.

« Les gars, laissez-moi vous en dire plus sur 'Ra : God And More' », dit lentement Ra. Mon nom signifie Ra :Dieu, le dieu soleil, mais qu'est-ce que cela signifie au-delà de cela ?

Demanda Ragham en inclinant la tête. « Qu'est-ce que tu veux dire par au-delà de ça ? »

Ra répondit avec un sourire. "Il incarne mon désir d'aller au-delà du système solaire et dans la galaxie ou d'autres royaumes de l'espace. Je suppose qu'il contient mon désir de promotion."

Les protagonistes rirent tous des paroles de Ra. Adam ne put retenir son rire. « Donc, le Dieu Soleil veut s'élever à une position plus élevée. »

Ra hocha la tête malicieusement. "C'est vrai. Personne ne ferait ça ? Nous aimons tous nos rôles actuels, mais nous avons tous le désir de relever de plus grands défis. Je ne fais pas exception."

Demanda Eve curieusement. « Cela signifie-t-il que vous n'êtes pas assez satisfait de votre rôle actuel ? »

Ra sembla perdu dans ses pensées pendant un moment, puis secoua la tête. « Non, mon rôle actuel est satisfaisant et important. Mais avoir des objectifs et des défis plus importants me fait travailler plus dur et devenir une meilleure version de moi-même.

Eva hocha la tête. « Je vois. Vous avez le désir de grandir constamment, tout comme nous.

Ra répondit avec un sourire. "C'est vrai. Je veux continuer à apprendre et à grandir. Tout comme vous avez beaucoup appris de ce test, j'ai aussi beaucoup appris de ma position.

Younghwan hocha la tête un peu compréhensivement. « Si c'est le cas, nous devrions imiter le vôtre. »

ajouta enfin Ra. "C'est vrai. Peu importe où nous sommes ou quel rôle nous jouons, il est important de toujours s'efforcer d'être meilleur. C'est un besoin intrinsèque que tout le monde a."

Après avoir entendu les paroles de Ra, les esprits ont compris sa volonté d'aller au-delà du système solaire et vers un objectif plus grand. Et il y eut des regards compatissants sur sa confession.

Mais Adam pencha la tête. « Donc, si vous retirez le système solaire du cours avancé, êtes-vous au même niveau que nous ? »

Ra hocha la tête. "C'est vrai. Mais ce n'est pas mal non plus. Tout comme l'illumination que tu as acquise grâce à ce test, j'ai beaucoup appris en tant que dieu du soleil.

demanda Eva prudemment. « Alors, qu'est-ce que cela signifie d'être en charge du système solaire ? »

Ra répondit. "Il s'agit de guider des âmes comme vous. Toutes ces épreuves que vous avez traversées aident plus d'êtres à se réaliser et à réaliser l'essence de Dieu.

En entendant les mots de Ra, Eve hocha la tête. « Je sais que votre rôle est important. »

dit Adam, un peu surpris. « Pourtant, il ne sera pas facile d'être en charge du système solaire. »

ajouta enfin Ra. « Cela vaut la peine de leur faire réaliser leur essence avec l'odeur de Dieu. »

Ils avaient une compréhension plus profonde de la nature et de l'ambiguïté de Dieu. Râ se débarrassa de l'apparence d'une déesse élégante et se transforma en un homme fort et robuste. Sa voix était dure et autoritaire, et il s'adressait à ceux qui avaient passé le test.

« Maintenant, il est enfin temps d'annoncer les résultats du test ! » sa voix résonna dans la caverne. "Je vais annoncer ma réussite et mon échec. Es-tu prêt ?

Tout le monde regarda Ra nerveusement. « Il est difficile de comprendre le monde par l'odeur de Dieu, mais c'est encore plus difficile dans le domaine de la pratique. Tu n'es que le début."

Il tourna la tête pour regarder les quatre femmes. « Je te désignerai comme le dieu des quatre planètes, l'eau, l'or, la terre et le feu », dit-il en les désignant un par un. "Eve, Eva, Ragam, Grand-mère. Vous serez tous les quatre en charge de Mercure, Vénus, la Terre et Mars, respectivement."

Les yeux d'Eve brillèrent de joie lorsque son nom fut appelé pour la première fois. Elle regarda Adam et sourit brillamment. « Enfin, nous avons commencé quelque chose que nous pouvons accomplir ensemble ! », a-t-il déclaré, la voix pleine d'excitation et d'anticipation.

Quand le nom d'Eva fut appelé ensuite, elle ouvrit les yeux et porta sa main à sa bouche. « Je n'arrive pas à y croire ! », a-t-elle dit, la voix pleine d'émotion. « Cela vaut la peine d'avoir enduré toutes les épreuves pour ce moment », son visage était rempli de joie et de fierté.

Ragam eut l'air hébété pendant un moment, puis éclata lentement de rire. "Je n'aurais jamais pensé que je serais dans un rôle aussi important...», continua-t-elle calmement. « C'est l'odeur des livres et du café qui m'attire », dit-il, réprimant sa joie et sentant la chaleur monter au plus profond de lui.

Grand-mère ferma les yeux. « Comme la providence de Dieu est merveilleuse d'avoir un tel honneur à cet âge », a-t-elle déclaré, regardant autour d'elle et pensant à sa petite-fille et à ses descendants. « Je ne pourrais pas être plus heureux de pouvoir leur ouvrir la voie. »

Demanda Eve malicieusement. « Quelle est la date du rendez-vous ? »

Répondit Ra en souriant sauvagement. "Je vais le signaler à la hiérarchie et décider. Vous devriez vous préparer", dit-il en regardant les trois hommes restants. « Et les hommes, Young-hwan, Adam et Jae-wook. Je ferai rapport à mes supérieurs et déciderai de ce que je dois faire. Vous passez aussi. En attendant, cultivez davantage et attendez.

Lorsque son nom a été appelé, Adam n'a pas pu contenir sa joie et a laissé échapper une acclamation. « Enfin ! J'ai réussi !" dit-il en riant, regardant autour de lui. « Maintenant, je suis reconnu ! »

Jae Wook resta vide pendant un moment lorsque son nom fut appelé pendant la bataille avec le robot IA. Il marmonna. « Quand vais-je mourir ? »

Younghuan hocha calmement la tête et dit : « Compris. » Dit. « Je vais m'entraîner davantage et attendre. »

Demanda Adam nerveusement. « Quel rôle jouerons-nous à l'avenir ? »

Ra répondit fermement. « Cela dépend de votre croissance et des compétences que vous pouvez montrer. »

Finalement, Ra proclama : « Vous tous, faites de votre mieux pour cultiver dans vos positions respectives. Réaliser l'odeur de Dieu et être capable d'exercer un véritable pouvoir dans le domaine de la pratique ! »

Eve parla la première. « Mais pourquoi devrions-nous prendre Mercure, Vénus, la Terre et Mars ? » Ra répondit : « C'est compliqué de s'occuper du système solaire ! »

demanda Eva, le visage perplexe. « N'as-tu pas dit plus tôt que tu étais satisfait du rôle du dieu soleil ? »

Ra rit de manière incontrôlable. « Ah ! C'était le cas. C'est vraiment ennuyeux cependant. Maintenant, vous devez assumer ce rôle.

Demanda Ragham, l'air surpris. « Alors, que va faire le dieu soleil maintenant ? »

Répondit Ra en haussant les épaules nonchalamment. "Je regarde plus haut. J'ai un désir de promotion au-delà de la galaxie. Maintenant, vous devez me relever de mon rôle."

Dit la vieille femme avec un profond soupir. « Après tout, je ne connais pas le cœur des dieux. »

Demanda Adam en inclinant la tête. « Pourtant, n'est-ce pas un peu étrange d'endosser soudainement un rôle comme celui-ci ? »

Dit Ra fermement. "Je ne vous donne pas une chance, je vous donne une plus grande chance. Vous apprendrez beaucoup plus.

Dit Jae Wook à la statue en tirant. « Mais je ne connais vraiment pas le cœur de Dieu. Je n'arrive pas à croire que tu aies changé comme ça."

Eva hocha la tête. "C'est vrai. Je pense que Dieu est un être qui suit ses propres besoins et désirs à la fin.

Dit Ragam avec une expression profondément pensive. « Peut-être est-il inutile pour nous d'essayer de comprendre la pensée de Dieu. Les dieux sont inconstants et parfois imprévisibles, tout comme nous.

Dit la vieille dame avec un sourire tranquille. « Ensuite, tout ce que nous avons à faire est de suivre les commandements de Dieu. Plutôt que d'essayer de comprendre la volonté de Dieu, nous faisons simplement notre part au mieux de nos capacités.

Dit Eve. "C'est vrai. Nous devons juste faire notre part. Plutôt que d'essayer de comprendre la pensée de Dieu, faisons simplement notre part au mieux de nos capacités.

Deux hommes, Younghwan et Adam, ont levé la main en même temps. « Qu'est-ce que tu allais faire si tu ne réussissais pas le test ? »

Ra regarda tout le monde avec un regard intense. "Et si ? Je ne pensais pas que cela allait arriver. Pouvez-vous comprendre Dieu ? Puis il tourna l'âme de Ragam et fit sortir suffisamment de gens. Je ne sais pas si je vais m'enfuir."

Younghwan a demandé, perplexe. « Alors pourquoi ne gérer que Mercure, Vénus, la Terre et Mars ? »

Répondit Ra en souriant sarcastiquement. "Jupiter, Saturne, Uranus et Neptune ne sont pas des planètes telluriques, elles n'ont donc pas besoin d'être gérées. Des planètes qui sont juste assez pour exister. Vous n'avez pas à vous en soucier."

Adam pencha la tête. « Alors pourquoi les planètes telluriques sont-elles importantes ? »

Ra a dit. "Mercure, Vénus, la Terre et Mars sont des planètes avec de la vie et un potentiel de développement. C'est pourquoi il est si difficile de gérer ces planètes !

Jaewook esquiva le robot, regardant la statue dans les yeux avec une expression mécontente. "Pourtant, n'est-ce pas trop unilatéral ? Je n'ai pas assez d'explications précises."

Dit Ra avec un sourire rugueux. « Ne demandez pas d'explication à la décision de Dieu. »

La vieille dame hocha la tête en silence et dit. « Après tout, je ne connais plus le cœur de Dieu.

Quatre femmes ont demandé en même temps. « Alors qu'est-ce que tu allais faire avec le rejet ? »

Demanda Ra, les coins de la bouche levés. "Réincarnez-vous selon la loi du nombre total de planètes. C'est une question de hasard."

Demanda Eve en inclinant la tête. « La réincarnation ? Comment se réincarner ?

Ra agita la main et ouvrit le portail. Au-delà de cela, je pouvais voir le monde présent. "Hé, tu vois ça ? Einstein s'est probablement transformé en une carte du monde dans la chambre de quelqu'un. C'est drôle, n'est-ce pas ? » a-t-il poursuivi en riant. "Chaque planète a une certaine quantité de vie qu'elle peut maintenir. La Terre et Vénus sont particulièrement gênantes. Sur Vénus, il y a même des créatures qui se cachent déguisées en microbes. Apparemment, quand on vieillit, on doit réduire d'autres choses, et tu sais à quel point c'est ennuyeux ?

Il ajouta avec un soupir. "C'est bien que Mars soit condamné. Si vous le remplissez d'essence, il n'y a rien d'autre pour garder le reste.

Quoi qu'il en soit, j'ai demandé aux supérieurs de faire de votre système de gestion un système automatisé, mais cela n'a pas fonctionné. C'est vraiment ennuyeux."

La vieille dame ne put retenir son rire. « Après tout, je ne connais pas du tout le cœur de Dieu. »

Adam prit le mot et dit d'un ton enjoué : "Mais tu es trop honnête, n'est-ce pas ? Haha."

Ra haussa les épaules en réponse. "Soyez honnête. C'est le cœur de Dieu. Je pense à ce que je vais faire avec les gens qui n'ont pas réussi, je dois m'occuper de la planète tellurique, et parfois je veux vraiment vous détruire tous. Mais ensuite, il y a une agitation du haut pour le remplir avec autre chose, vous devez donc le recréer. C'est ennuyeux aussi. Tout est gênant"

Dit Adam avec un sourire. "Ensuite, nous devrons faire de notre mieux. Si vous ne le faites pas, vous ne savez pas en quoi vous allez vous réincarner."

Ra regarda tout le monde avec un sourire sur son visage. Il y avait un mystère inconnu dans ses yeux. "Tout a un destin. Vous ne pouvez accepter ce destin que comme une coïncidence. C'est le destin pour Dieu, mais vous n'êtes qu'une coïncidence.

Les mots lui pesaient lourdement, comme une vérité absolue. Diverses pensées traversèrent l'esprit de chacun. C'est à ce moment-là qu'ils ont réalisé que leur destin était entre les mains de Dieu et qu'ils n'étaient que de minuscules êtres déterminés par Ses mains. Et voyant l'apparence honnête de Dieu, ils voulaient poser plus de questions sur le monde quand Dieu était de bonne humeur.

Demanda Eve doucement. "Nous ne sommes qu'une coïncidence...Est-ce vraiment le cas ?

Ra hocha la tête. « Oui, tout est dans le plan de Dieu. Chaque chance que vous ressentez est en fait un destin de la volonté de Dieu. Mais c'est à vous de décider comment vous acceptez ce destin et ce que vous en réalisez."

Ragam inclina la tête aux paroles de Dieu, se souvenant de toutes les épreuves et tribulations qu'il avait vécues. Il leva lentement la tête et dit : « Donc, même si nos vies ne sont qu'une coïncidence, c'est notre travail d'en tirer le meilleur parti. »

Ra hocha la tête et sourit. « Oui, Ragam. Tout ce que vous traversez est dans le plan de Dieu, mais la façon dont vous l'acceptez et y trouvez un sens dépend entièrement de vous.

Adam sourit. « Eh bien, alors, nous sommes des créatures du destin dansant dans la main des dieux. Le destin par coïncidence, n'est-ce pas plutôt cool ?"

Voyant que chacun d'eux avait une expression éclairée, la vieille dame se dit :

« Je pense que nous avons réussi le test parce que Ra était de bonne humeur. » « Sans la duplicité des dieux, peut-être que certains des sept ici seraient tombés. Non, quelques-uns d'entre eux, ils sont tous tombés'

"Le temps ne passe pas, mais le moment compte toujours. C'est peut-être une coïncidence pour nous que nous nous soyons rencontrés au bon moment, mais si nous y pensons différemment, il se peut que Dieu nous ait donné un destin. Elle regarda les autres âmes autour d'elle, lisant un peu de soulagement et de gratitude. « Si notre destin n'est qu'une série de coïncidences, ce moment d'unité et d'illumination est-il un jeu des dieux ? » continua-t-elle son monologue dans son esprit. « Si tout cela est le test de Dieu, alors à quel moment et dans quelles circonstances nous sommes testés peut être le résultat de la main de Dieu. »

« Peut-être que Dieu nous enseigne quelque chose de plus important que le hasard. »

« Après tout, l'incapacité de connaître la pensée de Dieu est la vérité la plus importante que nous devons comprendre. »

En la sentant, Ra se contenta de rire doucement.

3-2 Éveil de l'âme

LES ESPRITS RA :GAM étaient des êtres symboliques qui allaient au-delà de la vengeance. C'était une âme qui était éclairée dans la souffrance. C'était la dernière clé qu'il lui avait donnée pour percer les secrets de l'existence de Dieu et du monde. Après l'épreuve, leurs âmes étaient enfin à la fin d'un long voyage et se sont finalement retrouvées face à face avec leur véritable essence. Dans le silence de l'espace, il regardait tout autour de lui.

La lumière du soleil les enveloppait. Dans leur splendeur aveuglante et dans le plan de Dieu, ils se rapprochaient de plus en plus de leur essence. Les âmes étaient remplies de lumière. La chaleur et la lumière du soleil m'enveloppaient, et je me sentais un avec la présence divine. Ils ne sont pas seulement la vengeance, ils sont la clé finale des dieux, ils ont un rôle important à jouer dans la découverte des secrets du monde. Cela a résonné. Ne faisant plus qu'un avec l'énergie de l'univers, l'âme de Ragam devint plus forte et plus lumineuse. Ce n'est que lorsqu'ils ont déverrouillé le dernier verrou de Dieu qu'ils ont réalisé leur but dans la vie.

L'âme de Ragam était réveillée. Ils sont maintenant prêts non seulement à comprendre le plan de Dieu, mais à le réaliser. Dans la splendeur du soleil, j'ai trouvé une force et une détermination nouvelles. Les âmes prêtes à assumer le rôle de dieux et à présider la planète ont embrassé leur nouvelle mission. Ils ouvrirent les yeux et sourirent. Toute la confusion et le doute dans mon esprit ont disparu, remplacés par une volonté et un nouveau but.

Ils firent un pas en avant à la lumière du soleil. Dans une mystérieuse salle ensoleillée, Ragam, Eva, Eve et Grand-mère se tenaient devant Ra, attendant avec de la sueur sur le visage de recevoir leur lettre de nomination du dieu qui présidait la planète.

Ra émergea comme une immense lumière. C'était aussi éblouissant que l'éclat du soleil. « Ragam, Eva, Eve, Grandmae, vous êtes maintenant acceptées comme Mes Filles et Je vous nomme comme des dieux sur Mercure, Vénus, la Terre et Mars. » Râ déclara solennellement :

Dieu leur a remis à tous les quatre une splendide lettre de nomination. À ce moment-là, la salle s'est transformée en un magnifique lieu de célébration. Des lustres irisés scintillaient au plafond et le sol brillait d'or. Tout était aussi beau qu'un rêve. La musique classique résonnait et l'air était imprégné de doux parfums. Les filles se sont félicitées, ont ri et ont partagé leur joie. Soudain, cependant, Ra agita la main une fois. Tout s'est transformé en enfer en un instant. La belle salle a été transformée en un espace sombre et morne. Des flammes ont éclaté le long des murs et des flaques de sang sont apparues sur le sol. Les filles se sont serrées dans les bras de peur. La forme de Ra s'était transformée en un démon hideux. Il y avait une lueur rouge dans ses yeux, et d'une voix horrible, il a dit : « Si vous ne remplissez pas cette responsabilité, voici ce qui arrivera. »

Ra agita à nouveau la main, changeant tout. La salle de célébration est de retour. Cette fois, c'est devenu encore plus beau et brillant. Des feux d'artifice ont explosé dans le ciel et les oiseaux ont chanté. La forme de Ra s'était changée cette fois en un bel être divin. « Mais si vous vous acquittez de cette responsabilité, vous jouirez d'une telle gloire. » Dit doucement Ra.

L'apparence de Ra ne cessait de changer. Il a été transformé en une forme au-delà de l'imagination humaine. Parfois, il prenait la forme d'un dragon géant, parfois il prenait la forme d'un bel ange, puis il se transformait en une sphère de lumière infinie. Sa transformation de forme suscitait à la fois l'émerveillement et la crainte. Les filles étaient impressionnées par l'apparence fourbe et toujours changeante de Ra.

L'apparence de Ra a maintenant pris une autre forme. Cette fois, il est devenu un DJ de club étonnamment flamboyant. Il portait une veste argentée brillante et des écouteurs dans une main.

Dans la cabine du DJ, Ra a souri et a levé la main, et beaucoup de musique de club a joué. Une musique passionnante remplissait l'espace au rythme de la basse. Ra a immédiatement commencé à faire tourner la platine et à se balancer au rythme.

« Les gars, c'est le Celestial Sun Club ! » s'exclama Ra. La voix de Dieu résonna encore plus intensément dans le microphone.

Ragam, Eva, Eve et Grand-mère étaient confus au début, mais ensuite ils se sont laissés aller au rythme. Ils se sont tenus la main et ont commencé à danser avec enthousiasme. Ra a choisi une chanson qui était encore plus excitante quand il les a vus.

« Maintenant tu es un dieu, alors amusez-vous ! » s'exclama Ra. Il a mixé les chansons et manipulé la platine avec encore plus d'enthousiasme.

Eve attrapa la main de Ragam et se retourna en riant. « C'est incroyable, Ra ! » dit Eva en regardant autour d'elle. « C'est merveilleux que nous puissions être des dieux et continuer à nous amuser comme ça ! », a-t-elle déclaré, dansant avec enthousiasme et réalisant quelque chose. « Je suppose que c'est la dualité de Dieu. Un être qui peut être solennel et joyeux en même temps. »

Dit Ra en manipulant les lumières. « C'est vrai ! Le rôle des dieux exige non seulement de la solennité, mais aussi de la joie. Maintenant, amusons-nous tous plus !

Leurs rires et leur musique se mêlaient au club céleste. Les feux d'artifice et les lumières qui se sont éteintes ont rendu leur danse encore plus brillante. Ra se balançait au rythme de la musique, pour le plus grand plaisir de tous. À ce moment-là, ils ont oublié qu'ils étaient des dieux et ont vécu dans l'instant, dansant et chantant comme s'ils étaient de simples êtres humains ou plus. La double apparition de Râ les a rendus plus conscients de la nature complexe et multiforme de Dieu.

Râ retourna à sa forme de divinité rayonnante d'origine et dit : Il tendit la main à ses filles, qui à leur tour prirent la main de Râ et sentirent le dieu avec sa bénédiction.

« Le monde dans lequel nous vivons est plein de contradictions et de duplicités. La lumière et les ténèbres, le bien et le mal, l'amour et la haine – ces éléments opposés sont entrelacés pour façonner notre réalité. Ra regarda autour de lui. « Nous essayons de donner un sens à tout cela, mais en fin de compte, nous voyons le monde de notre point de vue. »

Le regard de Ra s'arrêta à un endroit. « Cependant, cette vision anthropocentrique est aussi une limitation que nous devons surmonter. L'univers est infini, et au-delà de ses limites, il y a une grandeur au-delà même de moi, le dieu soleil.

À ce moment-là, les esprits sentirent un changement dans l'air autour d'eux. L'air invisible les enveloppait, transportant une variété d'odeurs. Ra a poursuivi en parlant du symbolisme des odeurs.

"Nous ne pouvons pas voir l'odeur, mais nous ressentons et comprenons beaucoup de choses à travers elle. C'est la sensation la plus primitive que nous ne pouvons pas voir avec nos yeux. Chaque odorat évoque des expériences et des souvenirs différents, qui peuvent nous aider à nous identifier et, par extension, à identifier la nature de Dieu.

« Bien que l'odorat humain soit limité, il joue un rôle important pour nous aider à comprendre les contradictions et les dualités du monde. Ce parfum nous fait ressentir la vérité que nous ne pouvons pas voir, et il nous fait réaliser les racines."

Les mots de Ra allèrent plus loin. "Nos vies sont toutes faites de choses que nous ne pouvons pas voir. Comme l'air, comme l'odeur, tout explique pourquoi et ce que nous sommes. C'est peut-être la marque d'un grand être.

Lorsque le dieu eut fini de parler, le groupe changea une fois de plus. Cette fois, les filles sont apparues dans un espace décoré de leurs propres couleurs. Chacun était orné de belles décorations représentant Mercure, Vénus, la Terre et Mars.

À la fin de la célébration, grand-mère a pris la parole en premier. « Mais ne devrions-nous pas décider qui sera en charge de chaque planète ? »

Ra répondit avec un grand sourire. "Pourquoi ne pas laisser cela au hasard ? La coïncidence est parfois le choix le plus mystérieux et le plus précis.

demanda Eva, perplexe. « C'est peut-être une coïncidence pour nous, mais Râ, le dieu du soleil, n'est-il pas déjà prédestiné à notre destin ? »

Ra hocha la tête, souriant un peu malicieusement. "Maintenant, vous êtes mes douces filles, vous êtes des dieux. Je n'ai pas tout décidé. C'est la prérogative de Dieu de décider de votre destinée, mais vous, qui avez assumé le rôle de Dieu, ne devriez-vous pas maintenant pouvoir jouir de ce privilège ? « Pourquoi ne jouez-vous pas à pierre-papier-ciseaux ? »

Dit Ragam avec un sourire. "D'accord, Ra. Cela ne ferait pas de mal de jouer à pierre-papier-ciseaux.

Eva, Eve et grand-mère se sont regardées et se sont préparées.

Dit Ra avec un sourire mystérieux. "D'accord, commençons. Parfois, la façon dont les dieux choisissent est souvent la plus simple. Les coïncidences d'instant en instant sont devenues des choix importants pour leurs planètes respectives.

« Pierre, papier, ciseaux ! »

Ragham était en charge de Mercure, Eve était en charge de Vénus, Eva était en charge de la Terre et Grand-mère était en charge de Mars. Sentant que le destin de la planète était entre leurs mains, ils ont juré de jouer le rôle de dieux.

La silhouette de Ra avait maintenant changé pour celle d'un père calme et aimant. Dieu a regardé ses filles et a dit : « Vous êtes mon orgueil. »

Les quatre filles renaissent en tant que dieux sur leurs planètes respectives. Ils avaient chacun leur propre odeur distincte sous le soleil aveuglant.

Lorsque la fille aînée, Ragham, est devenue le dieu de Mercure, elle a senti le sien. Puis il s'est transformé en air invisible. Debout là, personne ne pouvait la voir. Seule l'odeur du café, qui flottait dans l'air, signalait sa présence.

Lorsqu'elle est devenue le dieu de Vénus, la deuxième fille, elle s'est transformée en une musique inaudible qui sentait précieux et beau lorsqu'elle faisait l'amour à Adam. Sa présence était remplie de belles mélodies, mais le son ne résonnait que dans son cœur, pas dans ses oreilles.

Lorsque la troisième fille est devenue le dieu qui présidait à la terre, elle sentait la sueur épaisse des humains dans le métro et s'est transformée en une douceur qui ne pouvait être ressentie au toucher. Sa présence n'était pas ressentie du bout des doigts, mais tout le monde pouvait voir qu'elle était là.

Lorsqu'elle est devenue la quatrième fille, le dieu de Mars, elle s'est transformée en un palais insipide, sentant le brûlé lorsque les livres ont brûlé en cendres. Sa présence n'était pas ressentie dans sa bouche, mais il y avait une énergie intense qui rayonnait de sa place.

En voyant ces quatre dieux se transformer en leurs formes distinctes et informes, Adam s'exclama avec admiration. "Wow, vous avez vraiment fait des progrès ! C'est une capacité bien plus grande que je ne peux devenir plus grande et plus petite ! C'est vraiment le GOAT !" gémit-il avec excitation. Il faisait des mouvements exagérés, comme s'il faisait un spectacle, alors qu'il grandissait et rétrécissait. « Regardez ! Ce n'est rien, vous êtes incroyables !" Les quatre filles le regardèrent et éclatèrent de rire.

Ra se transforme en forme de soleil, remplissant le monde de lumière du soleil. Sa voix était ferme et sévère. "Vous êtes des dieux maintenant. À partir de maintenant, ne pensez pas centré sur l'humain.

La voix de Ra résonna dans la forme rougeoyante du soleil. "Vous n'avez pas à faire quelque chose, et vous ne faites pas ce que vous faites. Tout est dans une harmonie parfaite qu'aucun être humain n'a jamais ressentie. Tout dans le monde, même le concept de violence et de bonté pour aider les autres, que nous appelons le mal, fait partie de ce grand plan.

Contrairement à avant l'examen, les quatre filles regardaient Dieu naturellement, même dans l'éclat du soleil. Ra continua sans un instant de pause. « Vous devez apprendre à fusionner avec l'ambiguïté. » « Nous devons transcender l'acte de nommer et de définir le bien et le mal. Le concept de violence et de bonté humaines n'est qu'une partie de cette simulation. Au-delà de cela, vous devez accepter tout tel qu'il est et trouver un moyen de le réconcilier. C'est un concept plus transcendant que la voie médiane qu'Eva et Younghwan essayaient d'atteindre."

Ra regarda ses quatre filles à tour de rôle. "Vous n'êtes pas humain. Maintenant, en tant que dieu, vous devez avoir une nouvelle perspective. Nous devons apprendre à comprendre la vraie nature du monde, au-delà de nos limites humaines, et à le gouverner.

Adam réfléchit un instant, puis inclina la tête pour regarder Ra. Il y avait un soupçon de sarcasme dans sa voix. « À bien y penser, vous n'avez pas besoin d'un fils pour faire d'une femme un dieu ? Es-tu un idiot ? » dit-il, et les autres regardèrent Ra avec curiosité.

Ra répondit avec un soupir de perplexité. "J'ai déjà un fils. Jaewook a dû le voir. Mon fils s'appelle Horus. Ra s'arrêta un instant et secoua la tête. « Suji blanc. Je lui ai demandé de présider l'une des quatre planètes, mais il n'a pas voulu écouter. C'est pourquoi je l'ai viré. Je suppose que j'ai hérité de mon héritage."

Jae Wook s'était battu sur la Terre Rouge depuis le début, mais il hocha la tête avec surprise. « Horus ? Serait-ce cet aigle aux yeux brillants ?

Ra soupira à nouveau. « Oui, Horus n'est pas une cuillère en or, pas une cuillère en diamant, mais une cuillère divine. »

Demanda Adam à Ra avec une étincelle dans les yeux. « Alors, à qui Horus a-t-il donné naissance, et qui a une mère ? Y a-t-il des déesses parmi les dieux du système solaire ? » dit-il, un mélange de curiosité et d'espièglerie.

Râ laissa échapper un profond soupir et secoua la tête. "Tu as réussi le test si facilement, Adam. Vous êtes toujours coincé dans une pensée centrée sur l'humain. C'est un gros problème. Je dois réincarner Adam dans ce monde immédiatement.

Adam agita les mains de surprise. « Oh, c'était une blague. Juste une blague, une blague !" ajouta-t-il, forçant un sourire. "Je pensais que Ra était un peu débauchée comme moi, n'est-ce pas ? Je n'ai pas demandé parce que j'étais vraiment curieux."

Dès qu'elle entendit cela, sa deuxième fille, Eve, la déesse de Vénus, se transforma instantanément en démon. Ses yeux brûlaient et elle s'approcha d'Adam avec un sourire qui montrait ses dents acérées. « Qu'as-tu dit, Adam ? »

Adam recula, les yeux grands ouverts. Son visage se tordit de peur et sa voix trembla. "Oh, non, je plaisante ! Sérieusement, je plaisante !"

Eve ricana en se rapprochant. « C'était vraiment une blague ? » sa voix était malicieuse et étonnamment froide à la fois.

Adam se gratta la tête et s'agenouilla immédiatement, joignant les mains dans une posture de supplication. "S'il vous plaît, pardonnez-moi. Je ne plaisanterai plus jamais à ce sujet !"

Eve sourit alors qu'elle revenait enfin à son état d'origine. « Oui, je te pardonnerai. Mais fais attention, Adam", les autres dieux rirent aux paroles du dieu de Vénus.

Adam poussa un soupir de soulagement et s'effondra sur son siège. Il marmonna à voix basse, incapable de détourner le regard des autres dieux. « Je suis toujours coincé avec ma femme ici... »

Ra regarda Adam et Eve et hocha légèrement la tête. "C'est bien. Vous avez dit que c'était une blague, alors je vais passer à autre chose. Mais rappelez-vous, vous êtes maintenant chargé d'une mission divine.

Adam hocha la tête, poussant un soupir de soulagement. "Compris, Ra. À l'avenir, je le prendrai plus au sérieux."

Ra : "Au fait, je suis un peu attiré par celui qui est encore en vie dans cette vie. J'ai même réussi le test, donc si je viens dans cette grotte avant d'aller dans l'au-delà, j'aimerais l'appeler Set et le laisser s'occuper du reste de mes corvées.

Adam et Younghwan se regardèrent et rirent stupéfaits. Adam parla le premier. « Nous irons si nous recevons l'avis d'aller dans la galaxie », dit-il, et Younghwan hocha la tête.

Ra éclata de rire à leur réponse. "C'est bien. Vous attendez que la notification aille dans la galaxie. Mais Jae-wook, vous devriez sérieusement considérer ma proposition. Je pense que le nom Set te convient.

Dit Jaewook en caressant ses cuisses tachées de sang. "Eh bien, c'est un travail. C'est une suggestion intéressante. Je vais y réfléchir.

Ra est revenu d'une réunion stellaire. Il tenait ce qui ressemblait à un épais dossier dans sa main. « Vous avez également passé l'examen avancé, et vous avez été approuvé par les supérieurs », dit-il, sa voix un peu étouffée à nouveau.

« Tout, y compris la Terre, le système solaire et la galaxie, n'est-il pas une simulation spatiale après tout ? »

En entendant cela, les hommes furent stupéfaits pendant un moment. « Alors le sujet de l'examen a été changé pour le protagoniste du jeu ? » demanda Younghwan, perplexe.

Ra hocha la tête, sa voix majestueuse à nouveau. « Oui. Vous devez être ouvert à la possibilité que cet univers puisse être une grande simulation. S'ils ont une civilisation suffisamment avancée, ils peuvent simuler un point dans le passé ou divers univers. Et il est possible que vous viviez dans l'une de ces simulations."

Les trois étaient encore plus embarrassés. Ra sourit à leur réaction. « Même du point de vue de la mécanique quantique, l'effet d'observateur ou l'effondrement de la fonction d'onde peut suggérer que nous vivons dans une réalité simulée. La raison pour laquelle l'univers semble fonctionner selon des lois étranges est que c'est peut-être de la même manière que j'ai programmé les planètes du système solaire, tout comme la partie supérieure de celui-ci. Peut-être que c'est la même chose avec les examens avancés ?"

Il leva la main et pointa vers le ciel. « Tenez, regardez cet univers infini. Il peut s'agir d'un programme énorme, d'une combinaison de possibilités infinies. Chaque réalité que nous expérimentons peut être comme un code, de sorte que le monde n'existe pas mais est constamment « informatique ».

"Haha. La vérité est connue du Dieu qui gouverne l'univers. Mon test galactique n'est qu'un exemple."

Adam sourit brillamment. "En tant que maître des odeurs, j'ai hâte d'explorer la galaxie au-delà du système solaire ! Oh, non...Je veux tout sentir dans la galaxie !" plaisanta-t-il, et tout le monde rit.

Ra hocha la tête. "Adam, j'aime ton enthousiasme. J'ai déjà eu l'occasion d'explorer non seulement le système solaire, mais aussi la galaxie. Gardez simplement à l'esprit que vous devez être responsable et préparé."

D'autre part, la Terre où vit Jae-wook a été presque entièrement détruite par des robots. Cette planète a complètement perdu son ancienne apparence. Le ciel était sombre, la terre était désolée et les rues étaient silencieuses. Il y avait de faibles traces d'humanité, mais même cela était noyé par les sons mécaniques et métalliques des robots.

Jae-wook se tenait au milieu d'une ville en ruine, tenant une statue. Le destin de la terre était la volonté de Dieu, mais c'était une coïncidence pour lui, et il avait la responsabilité de la protéger jusqu'à la fin de sa vie. Il prit une profonde bouffée d'odeur. C'était une faible trace de vie au milieu de la destruction, une odeur des graines de la création.

« La création au milieu de la destruction... Tout cela est finalement le fruit du hasard. Les robots ont détruit la terre, mais une nouvelle vie et un nouvel espoir peuvent en jaillir. Vous pouvez le dire en le sentant. Même dans la ville détruite, l'odeur de la création peut être ressentie, ce qui est aussi un accident pour la création. »

À ce moment-là, la voix d'Adam est entrée. « Quand vas-tu mourir d'avoir senti ça ? » demanda-t-il en plaisantant à moitié.

Alors Ragam, le dieu de Mercure, s'avança et dit : « Ne plaisantez pas avec mon fils, j'ai vécu longtemps depuis que je suis l'esprit de Ragam. »

Jae Wook sourit amèrement aux mots de sa mère. "Maman, je vais bien. Si tout cela n'est qu'une coïncidence, je fais juste ma part là-dedans."

À ce moment, le dieu solaire Râ apparut. Dit-il en plaisantant. « Jaewook, veux-tu que je te tue maintenant ? Si vous parlez de la création en destruction, pouvez-vous accepter la mort comme faisant partie de celle-ci ?

Demanda Jaewook, regardant droit dans les yeux de Ra dans la statue. « Est-ce aussi la création en destruction ? »

« Laissez cela à vos chances. » Ra répondit avec un sourire significatif.

Jae Wook regarda la ville détruite. En le regardant en face, Ragam encouragea son fils. « Jaewook. Trouvez votre chemin dans le hasard.

Ils se regardaient ainsi, à la recherche d'un nouvel espoir dans leur propre destin et leurs coïncidences. Et d'un geste de la main, Ra a créé le lieu de célébration final. "Maintenant, il est temps pour tout le monde de se séparer. Mais profitons-en ce soir ! « Avant que Dieu n'ait fini de parler, la fête était à nouveau embrasée d'une lumière et d'une musique brillantes. Ra a commencé à danser avec tout le monde. La fête, avec leurs rires et leur musique, a été un grand moment de célébration qui a marqué un nouveau départ.

\<Épilogue : L'odeur des dieux>

APRÈS AVOIR VU L'ÉPREUVE de la création au milieu de la destruction, Jae-wook, en tant qu'âme de Ragam, décida de regarder la situation pour le moment. Et déjà sa demi-sœur, Eva, le dieu de la terre, regardait calmement la scène.

Un jour, Jae-wook s'est rendu sur une ancienne pierre en Égypte sur une terre dominée par les robots et a demandé à parler aux âmes qui avaient réussi le test. La personne qui a répondu à la conversation était Young-hwan.

"Tu n'es pas encore parti ? Que faites-vous là-bas ? » a-t-il demandé.

Younghwan tourna la tête et dit. "Il attend toujours. Mais.... J'ai réalisé une dernière chose : je suis ton père.

Jae Wook fut stupéfait par ces mots. "Tu...Mon père ?

Younghuan hocha la tête. « Je ne sais pas pour ta vie passée, mais il était ton père avant de devenir une âme. »

Jae Wook avait l'air incrédule. Et bientôt admis.

« Eh bien, c'est une coïncidence que nous nous soyons rencontrés comme ça. »

Younghwan a dit avec un sourire. "C'est une coïncidence, mais c'est aussi inévitable. Nous nous sommes retrouvés grâce à l'épreuve de Dieu. Vous devez travailler avec Eva, le dieu de la terre, pour forger une nouvelle création à partir de la destruction.

Le voyage de la vengeance les éclairait encore plus. Les épreuves et les souffrances que Ra lui a infligées étaient intimement liées. C'est un processus de compréhension des conflits dans le monde. En d'autres termes, c'était un labyrinthe créé par Dieu. Dans le labyrinthe, les âmes des sept Raghams reniflèrent les dieux et cherchèrent leur chemin, et finalement, ils atteignirent la fin. L'odeur est apparue comme un parfum qui symbolisait la sagesse divine et l'illumination, et les esprits ont formé leurs propres philosophies de vie.

Le labyrinthe de la vengeance a commencé par la vengeance personnelle impitoyable de plusieurs protagonistes et a été un processus de réalisation de l'essence de Dieu. L'odorat allait au-delà des odeurs physiques et signifiait un sens intuitif qui pouvait transmettre différentes émotions et significations en fonction de l'expérience de chacun. Les esprits émettaient sept odeurs différentes.

« C'était un parfum mystérieux et profond qui englobait le début et la fin de l'univers », a-t-il déclaré, un parfum qui mêlait harmonieusement les profondeurs de la forêt de la vie et de la mer, le calme du vide et la chaleur de la lumière, représentant l'essence de Dieu, qui est connecté à tous les êtres.

Lors de l'amour, le parfum précieux et beau symbolisait la vie, la renaissance et le cycle de la nature. L'odeur profonde du bois, de la mousse et de la terre m'a rappelé la nature de la vie. La mémoire de Dieu déployée dans la conscience était au-delà de la logique et de l'émotion humaines. Explorer la mémoire de Dieu dans l'inconscient était une forme de conscience de soi.

Tout comme l'épaisse odeur de sueur d'une personne dans le métro mélange les odeurs de différentes personnes pour créer une odeur complexe, l'ordre et le chaos doivent être combinés pour atteindre un nouveau niveau. Aux yeux de Dieu, le chaos était un équilibre entre la répétition de la création et de la destruction.

L'arôme savoureux des grains torréfiés avec les braises de la vengeance signifiait la paix intérieure et l'équilibre. Dans ce cas, l'estime de soi était également une condition créée dans la rotation de la destruction (échec) et de la création (succès). Toutes les expériences d'échecs et de douleurs passées qui ont fait de lui ce qu'il est aujourd'hui l'ont rendu plus fort.

L'arôme du café flottant dans l'air symbolisait le néant. J'ai ressenti la présence de Dieu dans un sentiment de sécurité tranquille. Dans le calme du vide, j'ai ressenti une plénitude, une énergie essentielle qui transcende la forme de Dieu.

L'odeur des livres brûlés alors qu'ils brûlaient en cendres signifiait profond. La salinité et la fraîcheur des vagues symbolisaient la sagesse et l'amour sans fin. La sagesse des dieux était aussi profonde et large que la mer.

L'odeur parfumée du shampoing sur mes cheveux après la douche symbolisait l'essence de l'illusion. L'illusion vue à travers le miroir n'était pas seulement une illusion ou une illusion, mais un outil pour trouver la vérité derrière. C'était comprendre la dualité de Dieu, sachant que la réalisation de soi au-delà de l'identité et de l'estime de soi du vrai « je » ne pouvait que se manifester.

La faible odeur des fleurs de châtaignier indiquait que l'existence de Dieu est un être infini qui transcende le temps et l'espace. Ils ont réalisé la nature immuable de Dieu à cette époque. et de transcender les limites du temps et de l'espace pour comprendre l'éternité de la Déité.

Comme le dit Ra, "Tout est destiné. Vous n'avez pas d'autre choix que d'accepter ce destin comme une coïncidence. Ils ont éprouvé un désir de vengeance et un conflit intérieur dans l'épreuve des dieux, mais en fin de compte, tout cela était un test des dieux.

Young-hwan et Adam partirent pour la galaxie et relevèrent un nouveau défi. Et les quatre belles filles de Dieu ont commencé leur vie en tant que dieux planétaires. Par hasard, ils ont trouvé leur destin. Et ce destin était une nouvelle voie qu'ils étaient sur le point de forger.

Milton Keynes UK
Ingram Content Group UK Ltd.
UKHW010615250624
444652UK00001B/78